角落微光

小鎮醫師的故事

莊聰吉　著

目次

貳——一念之間

推薦序——怎樣的一位醫師？

佛光文化社長兼總編輯　滿觀法師

我沒見過莊聰吉眼科醫師，雖然眼科醫師是我這一期生命的「重要人物」。

去年（二〇二一年），看到佛光山《人間佛教學報．藝文》刊載莊醫師的文章。後來書記室的有敬法師，提供了他於《人間福報》、《聯合報》及《自由時報》刊登的小品散文。文章長短不一，是他隨心而起、意盡而止的真情書寫。讀著，有飲清泉般的爽口和喜悅。

一百三十多篇文章，內容包含他開業行醫及出外義診的點滴、醫病之間的種種溫馨故事。社會具有「仁心仁術」的醫師不少，而這位醫師不只對低收入戶（他稱之為「福保」）、殘障患者免費看診，還會送米、送菜給他們，於是診所裡有了由他發起、逐漸串聯眾人善行的「愛心平台」。

不只關愛人，莊醫師也關愛我們生存的土地。每每爬山、去公園散步，他都會帶著長夾，邊走邊撿垃圾。撿了十多年，被人叫「垃圾醫師」，他也不以為意。有時遇見死貓、死狗、死鳥，還會為牠們樹葬並做個簡單的告別式。

這是怎樣的醫師？

還有，寫童年記憶、寫他對父母的緬懷、寫與妻子女兒的甜蜜和樂之互動，直如經典所言的「諸善上人聚會一處」。去年十月初吧，他打電話來說女兒快要結婚，他寫了一篇文章〈小天使出嫁了〉，要作為女兒的結婚禮物，請我跟《人間福報》說能否在她結婚前刊登。刊出隔天又問能否幫忙蒐集報紙，他想送給來參加婚禮的親朋好友。

聽著他以一貫溫和又真誠的語調說他如何神祕的剪報、裱框，如何在婚禮當天送給女兒……他對女兒的摯愛與祝福，令人感動。

這是怎樣的父親？

其他，有寫莊醫師和同學、朋友之間的情義、往來等等。也有多篇描述他和單國璽樞機主教的情誼。有一篇寫到對於他十餘載的撿垃圾，單樞機主教曾笑著鼓勵他：「莊醫師，你撿的垃圾，有朝一日，可在天堂換等重的黃金。」

我也要對莊醫師說：未來你的佛國淨土，也是黃金鋪地呢！

當然，他不會奢望日後的黃金，而是「確信心靈上的富足，每日滿載」。

我很喜歡《維摩詰經》的一句話：「若菩薩欲得淨土，當淨其心，隨其心淨，則佛土淨。」菩薩有清淨的心、清淨的行為，就會感得同樣心行的人來到他的國土。眾生皆淨，國土當然淨。

莊醫師隨心有感而下筆為文，字裡行間處處透露著對生命、對大地的真誠關懷與熱愛。他慈悲純良的本性，是發光體，照射並點燃四周，相信清淨美好的國土會無限延伸、擴大。

這兩天，腦海時時浮現他邀我寫序的情景。我答應之後，他有些遺憾地說：「如果單樞機主教還在，他也一定會幫我寫序。可惜天堂的電話，我打不通。」然後，電話裡傳來他自我解嘲的可愛笑聲。

此書內容範圍頗廣，加上文章長短差距大，我問責編王美智，她要如何分類、排序？她思考多日，說：「就依文章長短，由短至長編排。」美智亦是簡單純良心性之人。如此，未嘗不可。

書名提取「角落微光」。角落的微光，溫煦不刺眼；微光在每個角落，如夜空中永遠的繁星。

推薦序——隨心的祝福

《人間佛教學報・藝文》藝文版執行編輯　有敬法師

一道時光撬開了塵封已久的保險箱，也串聯了一位醫師與佛光山將近五十年的佛緣。

去年（二〇二一年）五月《人間佛教學報・藝文》雙月刊收錄一篇莊聰吉醫師〈母親的保險箱〉，因此有緣結識屏東潮州家喻戶曉的莊醫師。接著在臉書，讀到他所撰寫的幾篇散文，後來又在《人間福報》讀到他與星雲大師的緣分，是在宜蘭念佛會就開始了，那時他是一名醫官，服務於蘭陽醫院，每有放假，就隨當地友人至雷音寺念佛，並輔導當地小孩課業，一連串的故事開啟了一扇又一扇的緣。

後來才知道莊醫師在《福報》發表文章已有六、七十篇，我心裡想……這簡直可以編成一本書了，於是迫不及待撥了一通電話詢問莊醫師，是否有想過將這些作品結集出版？他停頓了幾秒，似乎有點難為情地說：「其實，撰寫這些文章時，並沒有想過要出版；單國璽樞機主教曾婉拒所有想出版任何有關他的書籍，因為出一本書會砍掉不少樹……。」

但我還是覺得這些日常角落裡的微光，必須讓更多人看見，如果能有機會問世，也算是提升社會一股「善」的力量。最後莊醫師妥協了，請護士協助將所有已刊登、未刊登的文章，全部影印一份寄給我，雖然還來不及一篇一篇披覽，但每每閱讀一次，心中就會多一分感動，這不就是人間佛教的人情味嗎！家師曾經說過：「看到別人行善，應該要能隨口宣揚讚歎、隨心祝福。」所以，立刻引薦給佛光文化社長滿觀法師。不久，就聽到佛光文化傳來的好消息！

記得幾年前，家師曾要我們列出近代一百位人間菩薩行誼，一來想讓徒眾有機會認識這些大德的事蹟，二來是鼓勵我們要學習善財童子五十三參的精神。他說：「一生至少要親近或向五十到一百位善知識學習，記得他們一句、兩句，或者多句的思想，甚至印在心版上，才能有所成長。」如今莊醫師這些善美行誼要出版了，是值得向社會大眾推舉的。

最初學佛，聽大師開示「六根放光」時，耳朵都豎起來了，心想眼、耳、鼻、舌、身、心要如何放光？聽聞後才知道，原來慈眼視眾生，就是眼睛放光；耳聽苦難音聲，就是耳朵放光；捍衛正義，就是鼻根放光；說好話，就是舌根放光；做好事，就是身在放光；體諒眾生，就是心靈放光。莊醫師為人治療眼疾，就是給人光明，其功德如恆河沙不可計量，況且能安住小鎮行醫三十六年，可見其願力、毅力非比尋常，相信也隱藏著一顆「不為自己求安樂，但願眾生得離苦」的菩薩心腸。

莊醫師行醫之際，也不忘行佛，例如：主動供應白米給需要的人，卸下白袍維護社區環境，傳授他人網球、英文、課業等等，這不就是六根通體放光嗎！

但願這善美的微光，能灑在大地的每個角落，溫暖著每一個人的心房。

英國有位著名牧師菲恩說：「照亮別人的同時，最先被照亮的肯定是你自己。」深盼有緣讀到這本書的人，亦能如華嚴世界光光相照，彼此輝映廣衍至每個家庭、城鎮，讓這隨心、隨喜祝福的光，能夠照亮彼此，帶來更多的善因好緣。

今日莊醫師索序於我，實不敢居功，但秉持著佛光人給人信心、給人歡喜的精神便欣然應允，寫此數語，希望他能持續以筆耕耘心田，寫出更多更真、更善、更美的人間情味。祝福這本會發光、發熱的書，亦能如佛光一般，普照三千世界！

推薦序——你們是世界的光

耕莘醫院神經內科顧問醫師、輔仁大學醫學院院長　葉炳強

莊聰吉醫師是我醫學院的同班同學，但大學在校五年多是大班上課很少交集，實習兩年又在不同醫院，沒有相同興趣的話，基本上甚少往來。但過去十幾年卻突然熟起來，起初是我在《聯合報》讀者投書專欄看到他寫單國璽樞機主教的小故事，後來發現他的觸角與關注的事物和我有很多相近的範疇，約十年前，我竟然帶起輔仁大學醫學系低年級的醫學生到他的小鄉鎮潮州作生活體驗，看看不同的行醫生涯。

最佩服聰吉醫師的是他的生活智慧、行醫風格、待人處事、社會關懷在本

書中一覽無遺，全書以四大章節，共一三三個小故事所組成，作者以四個重要的概念「幸福滋味」、「一念之間」、「翻轉生命」及「傳遞善緣」來分類，但每個小故事均蘊含聰吉的上述四大特點（生活智慧……），故我會極力推薦給所有讀者來品嘗及參考。正如前台灣天主教樞機主教單國璽所言：「他是天主派來的游擊隊」，在聰吉醫師的行為、身上及腦海裡充滿了「真」、「善」與「美」的基督徒特質。很高興他終於把這些小故事及生活小品給集結成冊而提供更多人閱讀。正如《聖經》上耶穌所說：「你們是世上的光。城造在山上，是不能隱藏的。」

推薦序——種善因得善果

屏東縣醫師公會第二十五屆理事長、耳鼻喉科醫師　江俊逸

人生一世，緣起緣滅，緣聚緣散，一切皆有天意。

過去，對於莊聰吉醫師就早有耳聞，有小鎮大善人的美名。在他的眼科診所內，總是堆著一袋袋的愛心米，讓需要的人自由取用。直到二〇二一年九月二十三日，由於一起發生於診所外的車禍，莊聰吉醫師率領診所的護理人員第一時間趕到，為傷者做傷口的清創與包紮處理，透過新聞報紙的刊載，莊醫師榮獲屏東縣政府表揚，頒發「緊急救護貢獻」感謝狀，本人受邀出席，才得以跟久聞其名的大善人名醫莊聰吉醫師結緣。

在潮州地方執業三十六年的眼科醫師莊聰吉，秉持著「樂善好施、回饋社會」的理念，即使假日或夜晚也為眼睛有異物或是角膜外傷等急診患者服務，甚至自掏腰包幫助弱勢、低收入家庭負擔診療費用。莊醫師每週都有一天會到泗林綠色隧道撿垃圾、整理環境。為了擴大行善的力量，更邀請地方義工組成心靈環保學會，一起為地方環境的清潔而努力。此外還參與偏鄉醫療義診，捐贈裂隙燈，提升醫療水準。

由於莊醫師「種善心、得善果」，育有兩位優秀的女兒。長女取得雪梨大學雙碩士，擔任職能治療師，次女為牙醫師，都繼承莊醫師的衣缽，各有所成。所以莊醫師在二〇一六年獲得潮州鎮模範父親特殊貢獻獎，更在二〇二一年獲表揚為屏東縣模範父親。

承蒙聰吉兄的抬愛，邀我寫序。我利用假日閒暇之餘，暫時放下世間的俗務，靜下心來細細品味聰吉兄數十年生活點滴的小故事。閱讀的當下，彷彿也對自己被俗務蒙塵的心靈做了一次又一次的洗滌。人生有如修行的道場，聰吉兄自幼受到嚴父、慈母的身教，培養出「坐而言，不如起而行」的個性，與「助人為樂」的愛心。從小鎮裡最平凡無奇的角落出發，發念行善布施，一點一滴、一步一腳印，化小善為大愛，成就了不平凡的人生意義。

對於同為屏東縣醫師公會會員的聰吉兄，我深深感念他在行醫之時，同時投入社會公益，「種善心、得善果」，造就聰吉兄家庭妻賢子孝、事業圓滿。聰吉兄與我同屬耳順之年，雖相識不久，但相似的成長背景與過程，讓我有相見恨晚、相知相惜之情。聰吉兄可謂是難得的益友也是人生的良師，讓我十分珍惜這份摯友之情緣，特此為序。

種善因得善果——推薦序

推薦序——吾弟，精采一生

高績效企管顧問公司總經理、演說家　莊聰正

莊聰吉醫師是我的弟弟，他是「德」與「愛」的化身，我以他為榮。

他從小體弱多病，在嚴父慈母薰陶下，曾想逃學到日本學圍棋，然而一位算命師說出他將來是位醫生，這不啻是個另類激勵，自此發憤圖強勤練英文，功力大增。中國醫藥大學畢業後，任職於馬偕、長庚、秀傳等著名醫院，磨鍊出精湛的醫術。

爾後，為了陪伴照顧年邁的父母，回潮州開設莊眼科診所。幾十年來服務了許多眼睛回春的病人，造福桑梓，二〇一三年榮膺台灣省政府舉辦好人好事

代表，二〇一六年潮州鎮公所因聰吉無私的付出，特別在模範父親表揚中，增設了特殊貢獻獎予以表揚；而更令人稱道的是，他每天撿垃圾，到窮鄉僻壤義診，看病送愛心米等善行，結交許多充滿愛心、志同道合的朋友共同關懷社會，讓善的循環永不間斷。

如今他將幾十年來感人的故事集結成書，精采萬分，拜讀再三，回味無窮。聰吉賢弟，為人厚道，忠實樂善好施，將父母的愛，化作對人間的大愛，身為兄長的我，感到欣慰之餘，很高興將這本書介紹給大家。相信讀者在閱讀後會有很大的鼓舞。

聰吉賢弟，大哥想說：你這一輩子活得很精采！

推薦序——心中燃起一道光

曾任台北國泰醫院及花蓮慈濟醫院職能治療師　莊于萱

記憶中我小的時候，爸爸常常忙於看診，媽媽也在診所一起幫忙，而我們一家就住在診所的樓上。當時潮州鎮上的眼科診所不多，鄰近的村莊以務農與養殖業為主，也有工廠零星坐落。我時常半夜因電鈴響起而驚醒，半夢半醒之間看著爸爸媽媽衝下樓；那不是惡作劇，而是病人眼睛需要幫助的聲音。有鐵工連夜趕工，因電焊星火導致的眼角膜灼傷，有木工不慎被釘槍射中，有農民噴灑藥劑誤觸，還有異物飛入夜班列車返鄉乘客眼睛的；各式各樣的緣由，一樣的是，接到急診時，爸爸幫病人處理傷處，媽媽從旁協助並給予安撫，他們兩人就是最佳拍檔。而病人痛楚得到舒緩後的歡喜笑容與感謝，我想就是爸爸媽媽堅持服務救急的最大動力。

隨著日子增加，現在的潮州日漸繁榮，診所也增加不少。有時我跟妹妹會勸爸爸或許可以減少診次，好生休息。但對爸爸而言，有些病人早已成為朋友，看診之餘，他們更開心的是談天的時光，更新資訊也互知有無。有時病人亦師亦友，以自身的經歷緩緩敘事，不經意也啟發了人生中容易被忽略的重要。

透過看診，爸爸看到也體察到人生百態，進而將這些化為文字，點滴記錄下來。近幾年爸爸也會記錄身邊朋友或是家人間的趣事，但我從沒想過我也有成為爸爸筆下主角的一天。婚禮拜別時，他語重心長地拿出那篇護貝好的文章，當下驚喜又滿是感動，連攝影師都說這是他至此看過最狂的拜別小抄了（笑）；但我知道，那都是爸爸對我滿滿的愛。

爸爸是我看過最持之以恆的人，當他決定了，就會努力地持續做下去。小至日常為環保撿拾垃圾，大至捐米、義診、演講和幾近全年無休的急診服務。

他的行程總比我還忙碌，但他卻甘之如飴，而媽媽也是全心一路支持相隨。從小看著他們兩人對於病人與家人無私的付出，就是我跟妹妹最好的身教。

《角落微光——小鎮醫師的故事》，有爸爸對生活上的觀察，有他的人生理念：儘管世事不盡人意十有八九，但在廣闊的世界上，還是有人會盡己所能地伸出援手，給予需要的人溫暖幫助。爸爸總說，只要懷抱著善意與希望，事情總會有轉機的。是啊，就像那句英文古老諺語「every cloud has a silver lining」，我也是這麼相信著。期望爸爸的文章能如書名，也在你的心中燃起一道光，許一個溫厚善良的種子。

心中燃起一道光——推薦序

自序——活出愛

莊聰吉

孩提時貪玩，不想讀書，常常逃學，是父母與師長眼中的頭痛人物；小學作文，老師的評語經常是：「文不對題，不知所云。」或「詞不達意！」沒想到，如今會出書，想來，真是天意。

很滿意出版社題的書名《角落微光——小鎮醫師的故事》。其實我只是個小人物，住在台灣偏鄉角落的小鎮醫師，能力有限，只能儘量發出微光，在黑暗中，給人方向，於寒夜裡，讓人溫暖。

書內所有的故事，大多真實上演在我的眼前，悲歡離合都曾觸動我心弦，感動之餘，順手寫下，文字或許未能全達意，只祈盼「真」與「善」能感染有緣的讀者。其中〈一根扁擔〉曾幸運入選一〇一年度九歌出版社當年度散文集，同時也收錄在翰林出版社《文學的感知與素養》一書；〈母親的保險箱〉被翰林出版社選入《跨領域雙文閱讀素養》；〈慈悲心腸的低收入戶孩子〉被《聯合報》副刊評選為當年六十個最動人故事，選入《愛的圓舞曲》一書。

能夠順利出書，首先感謝的是我的心靈導師前樞機主教單國璽，他和星雲大師稱兄道弟，跨宗教的情誼令人感佩。跟隨樞機主教多年，從他身上我學到如何活出愛，在世最後一場真福山彌撒，特地於宴會中喚我上台，他說：「莊醫師雖然現在還不是天主教徒，但他絕對是天主派下來的游擊隊員，雖不是正規軍，但在鄉間戰力十足！」幽默的口語惹得台下會心一笑，對我而言，那是百分百的肯定。

其次感謝佛光山滿觀法師與有敬法師不嫌棄我上不了檯面的小散文，鼓勵集結成冊，還有美智師姑不厭其煩地加以整理、潤飾與編輯。

感謝長兄如父的大哥、溫柔體貼的女兒，以及前輩屏東醫師公會江理事長的序，他們的美言鞭策我持續向前；感謝在天國摯愛的雙親養育之恩，感謝讓我無後顧之憂的賢內助。葉炳強醫師是我醫學院同學也是位虔誠天主教徒，擔任輔大醫學院醫學系主任時，曾派學生來潮州跟著我到安養院照顧老人、到慈濟據點學習回收、到綠色隧道清理環境，希望未來的醫師能走出白色巨塔，實際參與並關懷基層社會，仁術之外更要仁心，感謝他百忙之中為我寫序。

當然，也要感謝老天爺的眷顧，讓我的人生起落不定，又能遇到這麼多貴人相助與善緣扶持。

諾貝爾和平獎得主德蕾莎修女曾言：「我沒有能力做大事，但我絕對有能力懷著大愛做小事。」用餐前，我也都默默祈禱：「願吃下的食物，轉化為正念與助人的力量。」願老天能俯聽我的祈求，讓我有生之年，持續做下去！

壹——幸福滋味

擁抱慢飛天使

著名速食店員工歧視唐氏症患者的風波喧騰多日，副總裁在各方壓力下終於出面道歉。唐氏症關愛者協會理事長林正俠說了一句：「我想，就從孩子身上學習原諒吧！」讓我感觸良多。

我的好友林老師，本來在學校教升學班，後來還修特殊教育。問他從事教育多年的心得，他語重心長地說：「假如讓我有機會再選一次，我還是寧願教特教班。」他表示，特教班的學生雖然IQ低了點，但觀察他們爭執或吵架後，不到三分鐘又和好如初，「EQ甚至比我高，這方面，我還得向他們學習呢！」他說。

有天我看到公園內籃球場有個落寞的影子。走近一看，始知他是患有唐氏症的病人。我因疏於練習，屢投不進，他貼心地將球一再傳給我，鼓勵我再接再厲。輪到他時毫不含糊連續十二個球空心破網，看得我目瞪口呆。結束後，我給他一個擁抱，他親吻我手背，剎那間，讓我覺得這是他給予的最美好禮物。

有人給唐氏症患者一個美麗的名字——慢飛天使，我深覺頗為貼切，只要你用心關懷並進入他們的世界，你會發現他們真像個天使，毫無心機，純真又無邪。對於天使，我們擁抱歡迎都來不及，何來排斥之理？

愉悅用餐　轉化有益化合物

開業初期，利用診所後空地，稍加整地並施以有機肥，認真灌溉，蔬果欣欣向榮，自己吃不完，還分享親朋好友。但好景不常，近年所種蔬菜，雖抓蟲、設捕蠅燈，全力照顧，收成卻令人失望。問過專家，始知不少病蟲害由進口蔬果傳至國內，想有收穫，只好藉助藥劑。

不少農友送我當季蔬果，順便強調：「請放心，這些蔬果都是自己人吃的。」言下之意，就是照規定採收前數日，不曾噴任何農藥或刻意網室栽培，他們的善意我心領，也為台灣生態的改變憂心。

為此，我請妻子儘量買菜蟲較不光顧的蔬菜，如地瓜葉、A菜、韭菜，若需要其他種類，則選擇有蟲啃過的「洞洞菜」，做菜前用流動的水洗清並浸泡十分鐘，吃來較安心。

週末郊外踏青，我也會留意採集腳邊野菜，雖不如市場的好吃，但來自大自然的原野鮮嫩，讓人寬心且回味無窮。

有派醫學理論認為：吃下的任何食物，都會被酵素分解為最基本的分子，再組合為身體所需化合物，只要吃的當下，保持愉悅的心，大腦會指令消化道吸收有益的化合物。每次吃飯，我都懷著感恩的心，與家人或朋友共享眼前餐點，期望食物能轉化為好的化合物。

永保熱情活力　不失赤子之心

開業三十年，近來病人常說：「莊醫師，你頭髮愈來愈白，老了！」我皆淡然：「頭髮雖白，但我的心仍然很黑呢！」醫病相視而笑。年近耳順，髮色變灰變白，乃自然老化，無需過度憂慮，只期望自己的心永保熱情與活力。

每天門診遇到不少老病人，有些面容哀悽、踽踽獨行、哀聲嘆氣；有些慈顏善目、兒孫陪伴、談笑風生。有些「顧人怨」，有些卻「受尊寵」，要想成為怎麼樣的老人，存乎一心。

依我之見，想成為優雅老人，先決條件是身體與心靈健康和諧。我每天運動，能走，能騎鐵馬，絕不輕言坐車，早上固定到公園打兩小時網球；吃東西遵循少鹽、少油、多青菜水果，每日生活規律。心靈方面，我力行：「做好事、說好話、存好心、讀好書、喝好茶、睡好眠」，週末假日隨緣參與偏鄉地區義診。

若以六十五歲以上稱老人，我還有六年光陰準備。我贊成亨利・福特所言：「當你停止學習時，就是老化的開始」，祈盼自己老時仍有赤子之心，如海綿，隨時吸收周遭知識，及時傳承給年輕一代。

哲學家阿密爾說：「知道怎麼老，是智慧的傑作，也是生命這門偉大藝術最困難的章節之一。」願共勉之。

一路跑助建真福山

第六屆跨宗教「全球和平團結文化節」最近在英國舉行，使我聯想「二〇一三紀念單國璽樞機主教馬拉松賽」在真福山終點站時，佛教比丘尼替選手掛上獎牌，天主教修女隨後披上毛巾，跨宗教的祝福讓選手感動不已。

對於不同宗教，單樞機總給予尊重。記得有一年風災嚴重，達賴喇嘛不辭辛勞飛抵台灣要為災民祈福，在政治壓力下，政府高層官員不敢接見達賴喇嘛，單樞機力排眾議，熱誠款待來自遠方的達賴，並以各自的宗教儀式為災民安心，為此惹惱了中共，因而不能返回大陸老家探親，這是他晚年些許的遺憾。

我不是天主教徒，因緣際會陪單樞機演講，募款並幫助弱勢，在他身邊兩年期間，學到人生必須「活出愛」。他曾當面告訴我：「莊醫師，你沒受洗，但所作所為卻像真正的天主教徒。」對我而言，這是畢生最大的讚美。

單樞機生前四處奔波籌設真福山園區，受制於法令與經費，至今僅有教堂、旅館、國際會議廳及天主教文物歷史博物館。照單樞機原先規劃，它還有安養院、育幼院與山地青年訓練中心等設施尚待完成。

願這次跨越宗教的馬拉松賽事能喚起大眾的注意，踴躍捐輸，讓單樞機遺願早日實現。

另類安太歲逢凶化吉

我的女兒大學畢業後，飛到遙遠的澳洲攻讀碩士，一個小女生，隻身在外，總讓父母擔心。果不出所料，前陣子連續五天沒有她的音訊，聯絡不到她，妻和我有如熱鍋上的螞蟻。

她終於打電話回家，說在雪梨街上被流浪漢搶劫，皮包內手機、信用卡、證件及現金都被搶了，那幾天她忙著報警備案，到銀行辦理止付，還好除了略受驚嚇與錢財損失外，一切平安。

親朋好友勸我要趕快為女兒安太歲，去霉運，我回應：「早已安了！」但此「安」非彼「安」。

雖不能就近照顧女兒，但我隨時注意周遭有否需要幫助的人。譬如低收入戶來診間看病，不僅免掛號費，還送他一包米。路見車禍，不等救護車到來，我先給傷者適時急救。路上看到盲人，我會下車帶他穿過馬路。在小攤用餐，看到身障弱勢，我會悄悄地為他付帳。

諸如此類小事，我樂於及時伸出援手，相信老天看得到，如果有所謂「陰德」或「善報」，照佛經所云，自然會回向給遠方的女兒，庇佑她逢凶化吉，這就是我的「另類安太歲」。

愛就是在別人的需要上，看到自己的責任。「善有善報」絕不是老生常談，另類安太歲，不僅讓別人快樂，也讓自己高興，你可試看看！

開火車去助人

電話鈴聲在靜寂午夜響起，朦朧睡意中拿起話筒，一位母親緊張又急促的聲音驚醒了我：「莊醫師，我的小孩玩剪刀，不慎刺到右眼，想到屏東市區大醫院掛急診，偏偏沒有眼科醫師。問哪裡有眼科急診，皆說要過高屏溪，送到高雄市的教學醫院才有。丈夫不在，我又不會開車，求求您行個好，開門替他看看好嗎？」

年過六十五的我體力大不如前，但還是勉為其難開了門。念幼兒園大班的小男孩用手摀著右眼，執意不讓我檢查，連哄帶騙花了十來分鐘，點了局部麻醉劑，才心不甘情不願地坐上診察台。在裂隙燈下，只見其角膜中央破了個洞，還好只是表皮細胞脫落，沒有穿孔，抹上抗生素藥膏，加壓包紮後，囑其門診追蹤即可。

兩天後再次檢查，還好沒有任何發炎現象，表皮組織因年輕癒合很快，也沒有留下任何疤痕，應不致影響日後視力。其母再三彎腰道謝，小病人也首次露出無邪笑容，我趁機交代他：「以後長大了，你也要隨時幫助別人哦！」

「醫生伯伯，我膽子小，不敢當醫師，但想當開火車的司機。只要有人需要，無論清晨或深夜，我一定載病人去看急診。」天真的回答，紓緩了看診的疲憊。對我而言，醫藥費絕對比不上病人痊癒後真誠的笑容與謝意。

模仿老萊子　照顧失智母

小鎮開業多年的我，觀察當今社會忙碌，大部分上年紀的患者皆駝著背或拄著拐杖獨自看診，所以一位年過五十的男子，無論晴雨，常面帶笑容推輪椅上的老母進入診間，讓我印象深刻。

我跟他聊了起來：「為什麼都是你陪母親看病？」他娓娓道出：「四兄弟中排行老三，本來北部有安定的工作，沒想到多年前父親突然中風，只得忍痛辭職，返鄉改當農夫，就近照顧雙親。」

「你上有兄長，下有弟弟，其他人呢？」「大哥當大樓管理員，二哥打零工，都在外地結婚生子有家庭束縛，弟弟早移民國外，父母有難，我不能棄之不顧。」

「令尊中風不良於行，令堂又失智，蠟燭兩頭燒，很累吧？」「自己的爸媽，怎可言累！還好家母很『乖』，不會亂跑，只是我每晚必須像照顧嬰兒似地陪伴且哄她入睡。她一晚起來兩、三次，我又得扶她上廁所，因為她已忘記廁所在哪。」

「你媽看起來滿開朗，沒有一般常見的憂鬱，你如何辦到？」「你們醫師醫病，我則醫心。我在家經常模仿古代老萊子，逗她歡心，逗她笑，如是而已。」

看他吃力推輪椅走出診間的背影，想到他為了雙親，犧牲婚姻與工作，我一陣鼻酸。多少子女因為父母年邁罹病，你推我閃，比較之下，能不汗顏？

清淨在源頭

撿了二十年的垃圾，有人戲稱我為「垃圾醫師」，我不以為恥，反而引以為榮。看到二十多位運動好手心疼花蓮清水斷崖美景成了垃圾場，攀岩垂降撿拾廢棄物，除了感佩他們的美行，也激起頗多感觸。

我把撿垃圾變成習慣，也當作修行，除了能健身，也學習謙卑。所以公園散步、爬山健行時，垃圾夾常不離身，甚至看病空檔，我也樂於走出診間，利用十分鐘的時間，將街道邊的菸蒂與檳榔渣清理乾淨，長期在冷氣房坐著，偶而出去走走，照個陽光，對心血管的順暢、鈣質的吸收與憂鬱情緒的改善，不無小補。

撿垃圾的過程中，也讓我「撿」到不少知心好友，之後爬山都揪團一起淨山。據我觀察，真正的登山客僅在山區留下足跡，將美景留在腦海。反而是偶爾爬山的觀光客，帶了一大堆零食與食物，甚至在山上煮豐盛餐點，廚餘與垃圾隨手丟棄，讓人搖頭嘆息。

所謂「清淨在源頭」，沒人丟，自然就不用撿。前樞機主教單國璽生前曾笑著跟我說：「你撿的垃圾，有朝一日，到了天堂，可轉換成等量的黃金。」一其實他在花蓮當主教時，清晨散步必隨手拿夾子沿路將垃圾清理回收。

任何環保義工團體或個人，若有需求，我將免費贈送垃圾長夾，但願大家群策群力，讓寶島重現光采。

當孩子的萬應公

父親節前夕，老友們聊起過世的老爸。

陳老師回憶：「父親是醫生，在鄉下開一間小診所，農曆年前，他都習慣燒一些東西，我本以為是廢紙，仔細看才知是病人一年來欠醫藥費的紀錄本。」

梁兄接著提及：「有天晚上，我在客廳，窗外望去，一輛三輪車停在門前，久久不離去，家父趨前關心，才了解他兒子考上台北私立大學，註冊在即，六千元卻苦無著落，父親二話不說，隨即拿出一萬元，囑咐多出來的當生活費。下學期，不待來借，父親主動送款至車夫家中。」

小王有感而發：「每逢年節，攜家帶眷回老家，我的房間總是整潔光亮，多年以後才知，年逾七十的父親一星期前就親自打掃擦拭。」

家父是位警官，小時候調皮逃學被他逮到必定是一頓毒打，但印象中的一幕，至今難以忘懷。記得是個冬天的清晨，他把我放在腳踏車前的小竹椅上，一路吹著口哨載我出遊，小小身軀被他溫暖粗壯的雙臂圍繞，冷風迎面襲來，一點都不覺冷。

老黃說：「父親這個角色，除了兼具牛與馬的特性，對子女的要求，如萬應公有求必應，有時甚至還得當孩子的大玩偶！」

有人說：「家」是父親的王國，母親的世界，孩子的樂園，謹此佳節，祝天下父親在各自的王國，幸福健康又快樂。

如何成為一位好醫師？

醫學生時代，台上資深教授突然問：「如何成為一位好醫師？」同學你看我，我看你，一時不知如何回答，只見他老人家神態自若，然後以哲學的口吻說：「當你認真考慮這個問題時，當下的你，就是位好醫師。」

前輩醫師常提醒：「不要做醫匠，要做個醫師，前者只具醫療知識與技巧，好醫師則必須有顆善良慈悲的心。」從進入醫學院到現在擔任眼科開業醫師，已逾四十個年頭，一路上碰到不少好醫師，印象深刻的有兩位。

當年醫學院六年級時，到馬偕醫院擔任見習醫師，就是只能看，不能碰病人。有次深夜時分，一名產婦突然腹痛難耐，剛好主治與住院醫師皆不在，我一時技癢，戴上手套為她產檢，說時遲，那時快，一雙堅定的手將我輕輕推開，轉頭一看竟是楊育正主任，他沒半點怒意，一邊操作，一邊詳加解釋，讓無地自容的我，受教不少。

另外一位是我的學弟蔡明峻醫師，有一年強颱肆虐南台灣，東港鎮一片汪洋，一群熱心醫師前進義診，卻苦無急救藥品，當下他開車一路找尋潮州鎮內藥局，自費買下所能買到的優碘、藥膏、消毒紗布、棉棒等，火速送往災區，及時紓解燃眉之急。

看到前面兩位醫師典範，我也時常思索如何成為好醫師，那就是一切為病患著想，醫病關係自然和諧。

台灣教得出快樂清道夫嗎？

台灣教育制度說改就改，學生開學後無所適從，備感壓力。我想起十餘年前女兒在紐西蘭上學的故事。

女兒在台灣剛小學畢業，到紐國後從國中一年級讀起。新學校、新同學、新語言，讓我擔心她的適應能力。

沒料到開學不到一個月，她就拿了張獎狀回來，我問她有什麼傑出表現，她一臉茫然：「我也不知道，朝會校長講了一堆話，好像提到我的名字，同學推我上去，校長就頒了這張給我。」我一看，不像台灣的獎狀，沒有國父，沒有國旗，只有卡通人物，寫著：「XX同學，聽到上課鐘聲，妳第一個主動回教室上課，此種好學精神，值得嘉獎。」我差點噴飯。

隔天我問她的導師，他笑著說：「紐西蘭的教育，著重鼓勵，少有懲罰。每個學生都有其獨特的優點，一發現學生表現值得其他同學效法，校方馬上公開讚揚。我們沒有把握教出傑出的政治家、醫師或律師，但絕對有能力教出一個快樂的清道夫。」

「假如碰到問題學生呢？」我懷疑。

「我講個故事。有位牧師講道，強調人性本善，無論多壞的人，總有可取之處。台下小朋友質問：『撒旦無惡不作，有什麼優點？』『撒旦當然壞，但我們要欣賞他勤勞且不懈怠地做他想做的事。』這就是紐國教育的主軸。」

西方教育或許有值得取經之處。

老闆請不要關門

新年初始，媒體報導有些商家以基本工資調漲或因原料上揚為由，調高商品價格，不禁想到鎮上開了近三十年的早餐老店也即將歇業。

那位老闆是我的患者，久了成為好友。他賣的早餐新鮮好吃又價廉，深受普羅大眾喜愛，每天清晨都大排長龍，門庭若市。每次政府工商普查，官員皆以不解的眼光問：「別家價格都調整，你為什麼不跟著漲？」老闆總笑著回應：「賺的錢夠用就好，況且我的客戶大都是農民或工人，農民靠天吃飯，工人不一定每天有工作，每天在屏東大太陽下辛苦工作，僅賺得微薄工資，餬口之外還得養家，讓他們花小錢能吃飽，是我一點心意，叫我再漲價，真的於心不忍。」

兩年前，我對老闆提及有間小教堂的牧師很有愛心，主動到各小學和校長商量，讓單親或低收入學生放學後到教堂免費課輔，將迷途的羔羊導入正軌。老闆聽後二話不說，當下送來沒賣完的三明治、肉包、菜包與煎餃等可口餐點，麻煩我轉送給那些小朋友；我想付錢，他嚴詞拒絕，還再三吩咐不要張揚。

近日潮州社群網站已充滿其即將熄燈的消息，聞者皆不勝唏噓，爭相走告，異口同聲希望：「老闆，請不要關門！」有些商人，窮得只剩下錢，在我看來，他不像一般商人，口袋沒有很多錢，心中卻非常富有。

幸福是一種感覺

聯合國「永續發展解決方案網路」公布「二〇一八年全球幸福報告」，台灣幸福指數居世界第二十六，居亞洲第一。有些人不以為然，我卻引以為傲。

我曾移民紐西蘭，陪當地台灣人看病，診斷為重肌無力症合併胸腺瘤後，我央求診所醫師儘速轉診，一陣電話聯絡，答覆竟是：「轉醫院開刀沒問題，最快也要排到三個月後。」兩天後，我帶病人飛回台灣，隔天門診後住院，順利開刀。

紐西蘭醫師曾問我：「為什麼還紐西蘭移民？」我答：「因為紐西蘭有好山、好水、政治穩定，有不錯的教育與社會福利制度。」他笑著說：「莊醫師，你可知道我們的國家，憂鬱症與自殺比例高居世界前幾名？」

我有個原住民病人自稱是「快樂農夫」，常送我自種的蔬果，我問：「農產品常受風災摧殘而歉收，風調雨順豐收時價格又不好，整天在大太陽下勞累耕作，怎麼會快樂？」他以一貫笑臉回應：「怎麼會不快樂？每天在大自然中聽蟲鳴鳥叫，早上看晨曦，黃昏送夕陽，觀農作物欣欣向榮，累了就回家休息。哪像你，整天被關在細菌與藥味瀰漫的診間吹冷氣，看的皆是垂頭喪氣的病人，連休憩時間都抽不出來！」

我若有所悟，有人說：「幸福，是一種感覺，是一種態度，不需要刻意追尋，只要用心體會。」或許就是這個道理。

谷底翻身

看完《聯合報》二十三日「妮妮灑淚『努力站在世界第一』」的報導，我因感動而熱淚滿盈。

雅妮背負著台灣人的驕傲，婉拒大陸重金挖角。身為雅妮死忠粉絲，每場比賽，只要有轉播，我必挑燈夜戰，在電視機前為她加油吶喊。她一個人在高大的歐美與占多數的韓日選手之間！孤軍奮戰，殺出重圍，勇奪冠軍的經過，讓我為之振奮。

前一陣子她陷入低潮，我還不明就理錯誤地認為她懶散、不專心、過於驕寵，如今才知道過去四個月的低潮反而是她練球最「走火入魔」的時期。郭台銘曾在去年雅妮巔峰之際說：「希望雅妮有重重摔跤的機會，然後從谷底爬起來，那才是完美生涯。」經過四個月被淘汰，無法進入前十名的落寞，雅妮終於在上週韓亞銀行錦標賽，以三輪皆低於標準桿的平穩成績，一桿之差勇奪季軍，不像先前的大起大落，顯見她心智已日趨成熟，谷底翻身，指日可待。

雅妮也是個富有愛心的運動家，她說：「希望用我的力量去推廣高爾夫，去幫助更多需要幫助的人。」她認為現在手感正好，更重要的是有想比賽的拚勁，所以從十月初到十一月中旬，幾乎每個星期都出賽，馬不停蹄不服輸的「台灣牛」個性，我堅信她會持續站在世界第一這個位置，為台灣爭光。

雅妮，加油！妳絕不孤獨，每個台灣人都是妳的堅實後盾，為妳在世界舞台的傑出表現拍手叫好。

一位眼科醫師的呼籲

最近退休的好友林老師問我：「不少青少年，握筆姿勢很奇怪，只用拇指和食指將筆緊握於虎口，導致筆身與字體角度垂直，握筆位置與筆尖距離縮短，雙眼為了看清楚，須傾斜頭部且更近桌面，久而久之，是不是容易造成近視？」

身為眼科醫師的我，覺得很有道理。從兒童發展心理學的角度探討，究其原因是因家長不想讓下一代輸在起跑點，太早讓幼苗在幼兒園期間，學寫字和畫圖，當時的小肌肉協調性尚未完善，為了緊握筆身，只能靠大拇指與食指出力，導致握筆姿勢不正確。

近視的形成有兩大因素——先天遺傳與後天環境，父母皆近視，生出的小孩近視比例確實很高，後天的原因不外「近距離」與「長時間」使用眼睛，現今眼科醫師已把近視當成「病」看待，雖然它不痛不癢，不危害生命，但一旦達高度近視（以前訂為六百度以上，現今已降至五百度）其產生黃斑部病變、青光眼、白內障、視網膜剝離的比例大增，嚴重者甚至失明。不少人有些誤解，以為十八歲之後，以雷射矯正近視，即可高枕無憂，其實，高度近視產生相關病變為不可逆，不因手術介入而終止。

正確握筆姿勢，是現今防治近視被忽略的一環，希望教育部能責成全國國小一年級導師，確實指導剛入學的小朋友正確握筆方式，養成好習慣，也適時提醒家長督促，讓未來國家的棟梁，有朝一日遠離近視之苦。

最後的謝幕

追思會名為「最後的謝幕：李國修傳奇」，出席者服裝色彩繽紛，依李國修生前遺願，以歡呼聲熱鬧開場，猶如辦一場喜事，讓我感觸良多。

十餘年前，家母微恙，大哥帶她看醫師，回程突感胸口不適，斜躺大嫂膝上，大嫂急問：「媽，會不會痛？」「不痛」家母輕聲回應，不久不幸在車上往生。告別式後，我們五個兄妹換上便服，暢談母親為我們付出的一切，徹夜唱歌並喝個小酒，因為深信母親樂善好施助人無數，教育並撫養五個孩子，個個學有所成，她大可放下世俗重擔，安息於西方極樂世界，街坊不曾看過喪家如此歡樂，指指點點，我們不以為意。

多年前替修女義診，因緣際會認識單國璽樞機主教，他的告別式在羅癌初期早已準備妥當，一支白燭、一本《聖經》就足以伴他通往天堂之路。有次我問他如何面對死亡，他笑說：「死亡猶如通過一條曲折隧道，只要生前心存善念，多做好事，隧道的盡頭就是光明，就是天堂，咱們有天會在那兒再聚。」一不出所料，他過世前最後一句話就是「好」。

人從呱呱墜地的剎那，即一步步踏上死亡之途。人生舞台，上台容易，下台難。李國修女兒說得好：「告別式是爸爸在天上編導的第一齣戲」。不知死，焉知生？如何從他人的死亡中學習，讓逝者安息，生者安心，進而提升自己生命的價值，是為人最重要的課題。願國修老師導演的追思演出，常留人們心中。

舊鞋、救命　台灣還是有愛

昨天「肯亞婦女收到台灣救命鞋」的報導，提及美語老師楊右任在網路發起「舊鞋、救命」活動，很快就募集到一個四十呎大貨櫃的量，台灣人的愛心與無遠弗屆的網軍力量，讓他感動說出：「台灣人的愛心暖流比印度洋還廣、還深。」

其實只要仔細看、注意聽，周遭總有些人值得我們發揮愛心，適時伸出援手。上個月參加喜宴，旁邊坐一好友，只見他一股腦兒蒐集各樣剩菜、詢問後才知他想協助一個弱勢家庭，女主人外籍新娘最近病逝，留下一雙幼兒，先生打零工，收入微薄，好友夫妻主動介入，除了照顧起居還給與課業輔導，豐盛的料理小孩可能沒享用過，所以急著包些佳肴回去和小兄弟分享。之後我將這故事告訴一位企業家，他馬上掏出兩萬元央我轉送那貧病家庭。

其實台灣最美的風景是人，只是媒體天天充斥負面消息，少數電話詐騙集團、金光黨、善款被濫用與黑心油事件，一再刺傷社會的信任與關懷。愛就是在別人的需要上、看到自己的責任。有位仁波切說得好：「看到別人痛苦，無法克制自己，想伸手幫忙，這就是慈悲。」德蕾莎修女眼見不少人千里迢迢飛到印度加爾各答的垂死之家做義工，感慨之餘說：「只要每個人懷著大愛去做小事，自然可找到心中自己的加爾各答。」

期盼大家力行星雲大師所提倡的「三好」運動——做好事、說好話、存好心，社會不安氛圍的翻轉必指日可待。

觀光　不是有了遊客就好

上個月去紐西蘭南島旅遊，在小鎮格林諾奇(Glenorchy)享用午餐，進門時注意到一張白紙黑字告示，定睛一看，上面寫著：「最近發現美麗的湖濱出現不少垃圾，大自然是我們的母親，眼見她被汙染，深感不捨，所以全體員工討論之後，一致決定明天下午三點提早關門，為環保做義工，讓母親重回原來清純幽靜的面貌。不便之處，尚請見諒！主人啟。」寧願不賺錢，絕不讓大地蒙塵，此種心胸著實讓我感動不已。

女兒訂了一間皇后鎮湖畔餐廳用晚餐，席間，女服務生送菜時，都笑容可掬輕問：「上一道菜可口滿意嗎？」其實，美味與否，因人而異，但其中一道小羊排烤過頭，放的鹽又過多，咬不斷又太鹹，全家四口皆食不下嚥，只好據實向服務生埋怨，沒想到她帶著笑臉直賠罪。約莫三分鐘後，她又返回桌邊，帶著歉意：「今晚高朋滿座，主廚忙不過來，放手讓菜鳥上路，沒想到導致差錯，真對不起，這是我們的疏忽，所以這道菜算老闆請客。」一直拱手作揖，誠摯的態度反而讓我相當過意不去。

美國前總統甘迺迪曾言：「不要問國家能為我們做什麼事，要問自己能為國家做些什麼。」紐西蘭以絕美的自然景觀聞名於世，這趟旅行讓我深深體會，當地人民為了擦亮國家這塊亮麗招牌所做的努力。他山之石，可以攻錯，有機會我也可以依樣畫葫蘆，誠實面對患者，抽空為環保盡己力。

拾荒所得　捐待用米

昨天《聯合報》頭版報導家扶好鄰居，待用餐平台上路。讀完為台灣充沛善心感到幸福，也為《聯合報》願用大篇幅持續催生待用餐平台的用心按個讚。我也分享利用診所當待用米平台的一些故事。

兩年前，有感於低收入戶持續增加，於是我在診所牆上貼文：「您捐一半，莊醫師負擔一半，讓我們一起發揮愛心，幫助弱勢。」兩年來共有八五二人次捐助買米，總善款初估三十餘萬。

初期我請求里長伯通知本里低收入戶及單親家庭來診所領白米，但後來發現有被人冒領或發不出去的窘境。為此，我改從病患健保卡上的註記「福保」（低收入戶）或殘障卡，找到發放對象。

有幾筆捐助讓我印象深刻。一位福保駝背老伯，想送他米，他不但婉拒，隔天還將拾荒一天所得八個十元、兩個五元及十個一元硬幣，湊成一百元捐出，還謙稱：「不好意思，數目很少，但這是我的心意，請不要具名。」

還有一位父親去世、母親不知去向的高中生，利用暑假打工賺了一萬四千元，慷慨捐出一千四百元，還承諾以後出社會工作賺錢，其中十分之一要幫助弱勢。

有個好友，每在小吃攤上看到孤苦老人或殘障者用餐，都默默地為他們付帳。有位醫師娘，每週末深夜蒐集當天糕餅店賣剩的蛋糕及麵包，隔天清晨專程送到偏遠山上讓原住民小朋友享用。哲人曾說：「只要自己願意成為天使，周遭世界就會變成天堂。」期盼更多人成為別人的天使。

樂於當個動物送行者

社會上有些人喜歡買動物放生，無意中造成不少放生動物因適應不良而死亡，或導致生態浩劫。我則反其道而行，樂於幫助往生動物送行，祝牠們一路好走。

我習慣每天清晨打完網球之後，拿起長夾，沿著公園小徑將周遭垃圾清理乾淨，當作是一種緩和運動。

偶爾會遇到動物屍體，有些在烈陽下曝晒成乾屍，有些則在陰暗的角落，被千百隻蛆蠶食。

起初，我消極地以眼不見為淨的方式迴避。但幾天後，牠會被野狗啃食，變得更髒亂，老遠就會聞到一股刺鼻的臭味，公園內休閒的人們，個個掩鼻而過，怨聲不斷。

見此情景，我靜下心來，以同理心想像自己是那隻死去的動物……佛教提倡眾生平等，我們何其有幸身為人類，一旦往生，有親朋好友為我們追思並料理後事，而這些動物何嘗願意以這種方式向世間告別？

想通後，我即隨手拿把鋤子，選一棵綠樹，在根部挖個洞，就近為往生小動物環保「樹葬」。完成之後，我雙手合十，默念佛教的「阿彌陀佛」和基督教的「天主保佑」，祝牠早日脫離苦海，一路好走。結束動物送行者的工作，心中對生死之事剎那間變得明朗清晰，也砥礪自己有生之年，多行星雲大師所提倡「三好」與「四給」，才不虛此生。

做了十餘年的動物送行者，除了常見貓、狗、鳥之外，還有蝴蝶、青蛙與烏龜。說也奇怪，充當動物送行者之後，常夢見與我有緣的動物在極樂世界和我打招呼。

簡單的送行儀式，換來公園的整潔、空氣的清新，最重要的是，自己把它當作日常修行的一部分，培養慈悲心，持之以恆，心靈也隨之平靜充實。

需要幾顆粽子？

小蘇是我的好友，平常熱心公益，加入義消拯救過無數遭逢山難或火災的人。有次喜宴結束後，他將所有的剩菜搜括一空打包回家，詢問始知，他所屬教會牧師的女兒很有愛心，主動幫助一些弱勢家庭的小孩，下課後帶他們回教堂免費輔導課業，以免回家後因無人照顧而淪落電玩等不良場所，而這些菜肴就可當作他們的點心。

沒想到，前陣子牧師女兒積勞成疾，因腦中風驟逝，小蘇的太太一肩擔起重任。為了讓點心來源不中斷，我在端午節前打電話給鎮上早餐店的林老闆，他也是位善心人士，常拿當天賣不完的包子、煎餃、三明治等食物到診所，囑我分送給低收入戶與獨居老人。那一刻，電話那頭的溫暖讓我好生感動。

「沒問題！只是平常店裡很忙，我抽不出空送去，麻煩蘇太太隨時來拿，兒童是國家未來的主人翁，孩子喜歡吃什麼就拿什麼，吃飽了才有精力學習。不要等打烊了才來拿剩的，冷了不好吃，我若不在就直接跟店員講，我會交代下去，完全免費。喔！對了，端午節快到了，我想包些應景的粽子送去，讓他們感受佳節的溫馨，需要幾顆儘管吩咐，不要客氣！」

放下聽筒，我沉思了許久。

諾貝爾和平獎得主德蕾莎修女曾說：「愛的相反詞不是恨，而是漠不關心。」假如社會上多一點像小蘇夫婦與林老闆這樣默默行善的人，主動關心並付諸行動幫助別人，相信那溫暖必能融化現代社會人與人之間的冷漠。

良醫或醫匠？

昨天《報合報》頭版新聞標題「診所有急診，多付幾百就能插隊」、「有錢換取時間！沒錢痛久一點。」看完感觸良多。

急診收費，法律上站得住腳，爭議所在是社會觀感。如何在「良醫」與「醫匠」間做一抉擇，真需要點智慧。

門診遇到的「急診」，一種是趕時間，患者主動央求下，我會徵得排在前面的病人同意後，插隊掛號，看完後，這些「急診」患者大都會感恩地跟醫師及禮讓的患者致謝。

另一種確為急診，譬如外傷、青光眼急性發作、角膜異物或光照性角膜炎。此時病人感到極度疼痛，不待患者要求，我會告知掛號護士，先帶進診間，做完初步急救處理，減緩疼痛後，再照次序掛號排隊。

有些人問我：「您怎麼不追加急診掛號費？」其實被我主動照顧過後的急診病人，以後都是我「死忠」的患者，也是我絕佳的活廣告，這比區區急診掛號費，更來得划算。

人生而平等，病人更不應分貴賤。醫師前輩賴其萬教授曾說：「如果能幫助別人而得到快慰是你心目中認為最高價值的話，選擇行醫這條路就是最好的路。」教過我的前馬偕小兒科主任黃富源強調：「我的蒐藏品就是病人家屬回饋滿滿的恩情。」《身教》一書作者黃醫師也對收入微薄的越南媽媽說：「下次你小孩要看病，快要來不及的話，打個電話到診間，多晚我都會等妳。」

前輩醫師的仁心仁術，值得學習。如何營造更和諧的醫病關係，絕對比門診收入更重要。

生日省思

生日也是母親受難日，除了吹蠟燭、吃蛋糕，慶生狂歡之外，還能做些什麼？

我的生日巧逢「地球日」，世界各地以行動支持環保，愛護地球。所以當天清晨，我右手拿垃圾夾，左手提垃圾袋，漫步公園，將樹下與花叢間礙眼的垃圾清理乾淨。

途中，注意到一隻幼鳥畏縮於樹叢下，約莫兩公尺外有隻野貓正虎視眈眈，千鈞一髮之際，即時將雛鳥救起。發現牠的翅膀受傷，便買了包飼料帶回診所，吩咐護士細心照顧。幾天後，傷勢好轉羽毛漸豐，試著置於戶外，雛鳥回頭望了我一眼，隨即展翅高飛。我心中也因其重生而欣喜，祈願牠能平安找到回巢之路。

下午利用空檔，買蛋糕分享給辛勞的護士們。前世的好因，才能導致今世一起工作的好果，大夥兒圍成一圈高唱生日快樂，好不溫馨。

期間，有位老翁推開診所門，身穿襤褸衣服，腳著沾滿泥漿的雨鞋，手拿兩袋水果，用低沉沙啞的聲音道出他的疲憊：「買顆番石榴好嗎？今年豐收，卻賣不出去……」不待說完，我全部買下當做飯後水果，幾百元換來農夫放鬆的笑容與護士們滿室的笑聲，心想，這交易非常划算。

晚間，在台北工作的女兒，特地搭高鐵回屏東為我慶生，全家團圓，享用台灣傳統慶生用的麵線，取其長壽綿綿。席間暢談過往家庭趣事，沒有喧譁，只有會心笑語，直到午夜。

今年的生日充實又幸福，也印證達賴喇嘛所言：「真正的喜悅，來自別人因你而快樂。」

探索新世界

女兒與妻時常埋怨我的時間都給了病人，所以利用今年春節連假，兩位寶貝女兒安排了全家日本自助旅行。

護照與文件皆由兩女保管，登機與出入境的瑣事也由她倆一手包辦，我們老夫妻腦袋放空，東張西望，猶如天真的孩子探索新世界一般。

次女日語一級棒，一般會話難不倒她；長女曾留學紐澳，右側駕駛座的車開起來易如反掌。所以一路上老二負責上網規劃旅程，老大掌控方向盤，兩老則輕鬆地在後座，耳聽曼妙音樂，並欣賞沿途美景。

到了淡路島，才知女兒訂了一間無敵美景別墅，二樓陽台有一露天檜木溫泉，白天可遠眺藍藍大海，晚上可仰望滿天星斗。接近零度的氣溫下，妻和我泡在熱呼呼的溫泉裡，那種如夢似幻的仙境，讓我至今仍難以忘懷。

最後一晚，女兒陪伴妻和我到大廳參觀，突然漆黑一片，我以為停電，約莫一分鐘後，燈火通明，只見寶貝女兒捧著三十朵豔麗紅玫瑰，在羅曼蒂克的音樂中，笑盈盈出現在眼前。四周圍繞拍手祝福的飯店職員，花束上夾著一張卡片，寫著：「祝老爸老媽結婚三十週年慶快樂！從出生到牙牙學語，蹣跚學步，最後出國深造，一路都受到您們貼心的呵護，現在該是我倆反哺您們的時候……」讀完，我淚已盈眶，久久說不出話來。

家庭的和諧，有賴夫妻互相尊重與包容，子女們適時緩衝潤滑也扮演不可或缺的角色。有人說女兒是父親前世的情人，想到今生有三個女人疼愛我，幸福感油然而生。

愛不因死亡而停止

聽到敲門聲，護士開門後，一位中年男子紅著眼泛著淚光走了進來，手上拿張訃聞，說明來意：「家母昨晚安詳辭世，往生之前，交代我前來向你道別並致謝……」看到訃聞上的名字，腦海隨即浮現她慈祥和藹的身影。

一位近八十歲老婦人，罹患肺腺癌三年多，最近又轉移至骨骼與大腦，每次來都拄著杖，一拐一拐緩步進入診間，雙眼的白內障因化療加上電療而更加嚴重。每次看完診，她都會央求三包置於診間的愛心米，我了解她經濟狀況不佳，還曾念她不要貪心，追問之下始知村裡有三戶低收入人家，比她更可憐，有的兒女不孝，有的孤苦伶仃，有的中風臥床，三餐常不濟，她每有好物都會拖著老邁又多病的身軀，親自送達，縱然癌末亦復如此。兒女們常勸她自己身子顧好即可，不要再管別人瓦上霜，她老人家就是聽不進去。

「莊醫師，我可不可以再拿三包米，送給……」懇求的聲音將我的思緒拉回，「喔！當然可以。」中年男子解釋：「這是母親彌留之際最後囑咐我做的事，她一再叮嚀我要替她做下去。」「令慈在天之靈，看你如此，一定很欣慰。」我拍其肩膀低聲鼓勵，「我已決定有天萬一倒下，亦會要求兒子持續做下去，將母親的愛傳承。」他語氣堅定。

看他賣力地扛著米離去的背影，我默默陪他走出診所，仰望星空，一輪明月高掛，秋夜的陰冷頓時消失無蹤，取而代之的是一絲絲暖流湧心頭，也讓我深思死亡後該留下些什麼？

平凡中的不平凡

這幾天全世界都聚焦在一一五位樞機主教選出新任教宗方濟各的新聞，又將我的思緒拉回跟隨單國璽樞機最後兩年的情景，感念不已。

前任教宗本篤十六世是由於年紀因素，心力和體力難以履行教宗職務而宣布退位；而晚年的單樞機卻表現了另一種不同的風範。

單國璽主教是被當時教宗若望保祿二世拔擢為樞機主教，他不負所託，做了許多利益天主教與國家之事。晚年想退休轉至偏遠的蘭嶼服務，多次向教宗表達辭職之意，皆被婉拒，最後追問原因，患病多年坐在輪椅的若望保祿二世低聲回應：「你曾看見耶穌從十字架下來過嗎？」此言一出，激發單樞機鞠躬盡瘁，死而後已的決心，罹癌後的他仍馬不停蹄，巡迴台灣各地演講，「告別之旅」感動無數聽眾，令人讚佩。

認識單樞機是因長期為萬金隱修院修女義診。而為了力行「活出愛」，我常邀請他一起辦活動，幫助弱勢團體，縱然身心俱疲，他不曾拒絕。諸如遠至台中幫助罹患漸凍症的台中女中學生，購買眼動式電腦；至偏遠牡丹鄉山區義診並送麵包西點給山地兒童；至潮州演講並義賣；邀請到高雄演講「人生必修的一堂課」，車馬費及募款所得皆捐助慈善團體，他一文不取。

單樞機雖然貴為天主教僅次於教宗的樞機主教，但他心胸寬大，廣結善緣，達賴喇嘛、聖嚴法師及星雲大師皆為他的好友。對政治亦復如此，無藍綠之分！只有鼓勵，少見責難。我至今仍非天主教徒，卻也非常緬懷他平凡中的不平凡。

讓經驗與善知識傳承

知道「為台灣而教」團隊到偏鄉幫忙解決兒童教育問題，頗為感動，也願分享自己的經驗。

去年因緣際會，在診所認識一位高中生孤兒，他不但婉拒我物質資助，課餘還參與義工活動，年紀輕輕，不似一般學子泡網咖、上夜店，反而奮發向上，不向惡劣環境低頭，讓我興起拉拔他的念頭。

我約他每天清晨至網球場，他通常提早十分鐘到達，將落葉清掃，等待我到來。教他打三十分鐘網球後，兩人把公園垃圾分類清理乾淨。過程中，我把遭遇的失敗與成功例子，化為一段段故事和他分享。

下課後，他央求我教他英文，看到老弱婦孺，他會扶病患進入診所。

為了磨鍊耐性，我刻意教他種菜，他也樂在其中，不曾倦怠。日前他退伍，求職知名的餐飲集團順利獲得錄取，他年紀最小，卻志氣高昂，令人印象深刻。

他把薪資十分之一，捐出來幫助像他一樣的弱勢少年。好友知道後，希望「易子而教」，要求我依樣畫葫蘆，改善他內向的獨子。

從小不愛讀書的我，讓父母、師長傷透腦筋，還好成長過程中遇到不少貴人，從旁協助與激勵，才能當個醫師。

懸壺濟世之外，我常思考如何取之社會、用之社會。日前看到劉安婷放棄二百萬年薪，從美國回台灣投入偏鄉教育，她高中導師與台大畢業生也欣然加入。

「為台灣而教協會」認為，台灣青年的熱情一直都在，只是缺乏表演的平台和機會，我深表贊同。

期盼有更多有心人參與這項活動，言教與身教並行，讓經驗與善知識傳承。

愛心平台

上週讀完《聯合報》有關台中「為愛心配對，待用平台啟動」與宜蘭「跟著Q地圖走，待用餐不斷炊」的報導，昨天又看到「串起待用愛心，家扶願當整合平台」，深感台灣不乏愛心人士，卻苦無適當平台奉獻。在此願分享我的診所充當愛心平台的經驗。

診所掛號區旁，我每天放置十二包五公斤重的白米，註明「愛心米」，遇到「福保」（低收入戶無力繳健保費，由政府買單）或殘障患者，看完診後，我習慣低聲問：「送您一包米，好嗎？」多數弱勢患者會感恩點頭並欣然接受，有些則會微笑說：「謝謝，我還好，請轉送給更需要的人！」令我打從心裡佩服。

許多病人或家屬也常會掏錢捐款，要我替他們買些米分送弱勢，累積到一定數目後，我即央求里長依據低收戶名冊直接送達。

其實每個人都可成為待用愛心平台。有個好友曾問：「你可知『謝謝』兩字值多少？」他接著說：「十元。」「為什麼？」「我去市場，見一位流浪漢翻尋廚餘桶找東西吃，我當下將買菜錢一百元給他，吩咐買便當吃，沒料到他高興地緊握我的手，屈身連說了十個『謝謝』，如此算來，一個『謝謝』不是十元嗎？太划算也太值得了！」好友隨時用心觀察周遭有否需要幫助之人，我稱讚他為人間菩薩，他說：「這只是另類的點光明燈。」

愛就是在別人的需要上，看到自己的責任。祈盼每個人隨時準備成為助人的「待用之人」與「愛心平台」，讓善循環，生命更美好，寶島幸福指數自然提升。

跨年心修行　狂歡也環保

看完二十四日周祝瑛教授「大學生『地球夜』向世界發聲」一文，讓我忍不住豎起大拇指向「笑擁地球青年聯盟」說聲讚！

這些大學生義工自創一個「地球夜」名詞，訴求有二：第一要實踐「跨年〇垃圾」的行動；第二是狂歡跨年同時，除舊布新，清理居家環境與個人心理。

環保不能只是口號，而應付諸行動。為此我曾至中小學與幼兒園演講，鼓吹撿垃圾的各種好處——可健身、學謙卑、能利他、做善事，並帶領小朋友至公園舉辦「撿垃圾」比賽。

我也願提醒參與「地球夜」活動的青年朋友，在整理環境的同時，周遭民眾必然會感謝並讚揚你們的所作所為，但也有極少數的人會在旁冷言冷語，請不要因此氣餒。就像貢寮海洋音樂祭期間，有三名女大學生在現場撿垃圾，有人故意把垃圾丟在她們面前，還有穿比基尼的女郎驅趕她們離開海灘。以我每天在公園做環保為例，常見流浪漢一邊喝酒，一邊吆喝我趨前為他們清理穢物，此時雖心有不甘，但還是得效法韓信忍辱的精神，歡喜做，甘願受，畢竟這也是一種逆增上緣的修行。

最後呼籲參加跨年活動的人們儘量攜帶環保用具，減少垃圾量，把絢爛歡樂的情景留在腦海，但不要將礙眼垃圾留給別人。印地安人有句格言：「善待地球，地球不是你父母給你的，是你的孩子借給你的。」期盼「地球夜」活動順利圓滿之外，更希望人人隨時隨地做環保，由外而內，提升到佛經所云：「身是菩提樹，心如明鏡台，時時勤拂拭，莫使惹塵埃」的境界。

拿支垃圾夾走天涯

公園散步、登山健行時，我習慣拿支垃圾夾，順手將途中垃圾清理並分類，不僅在台灣，甚至移民紐西蘭時亦是如此，不知不覺已逾十餘載，偶遇一些趣事。

有回我穿綠色上衣，正專心撿圾圾，突然被一老婦斥責：「我知道你是清潔隊員，看你動作漫不經心，要專心勤奮點，要不然我會到公所舉發。」還有一次更慘，雖已將帽子壓得很低，仍被一朋友認出：「莊醫師，難道是酒駕被抓來做社區勞動服務？何必那麼累，只要繳交罰款就行了啦！」

其實更多時候，會遇到一些好人與好事。有次淨山忘了帶便當，巧遇三位退休老師，閒聊之後，熱情邀我至山上別墅共進午餐，酒酣耳熱，賓主盡歡。還有回在紐西蘭，淨山途中看到小徑上有不少水梨，本以為先前登山客不慎掉落，抬頭一看，始知路旁有棵野生老梨樹，因前晚颳風下雨，將成熟的果實吹落，真所謂天上掉下來的禮物。

撿垃圾過程因緣際會「撿」了兩位小徒弟，一位因工作關係轉調高雄，每天清晨仍在當地公園散步撿垃圾；另一位目前跟著我每天做環保義工。除此之外，也認識不少企業界朋友，其中戴姓總經理前陣子買了一千支進口長夾，分送全台慈濟環保站，賴姓董事長最近也捐了一百支贈送當地環保義工。

撿垃圾雖然是小動作，卻隱含大學問，有人說：「掃地、掃地、掃心地，不掃心地白掃地。」一它需要彎腰去服務別人，若假以時日養成習慣，會讓人謙卑，是一種修行。但願有更多人參與，將小動作化為大公益，讓周遭環境變得更美好。

幸福滋味

那幾天寒流來襲，每天清晨，匆匆穿著短袖上衣與短褲，就趕著去公園運動，沒有防護的結果，導致手腳皮膚乾裂。妻子看了不忍，出門前，屈膝彎腰為我塗抹藥膏並加以按摩，還叮嚀我要多喝些溫開水。

前年到日本自助旅行，小女兒提前一個月上網訂好機票與旅館，並安排我喜歡的旅程：泡湯、登山健行、吃遍東瀛美食。一路上，大女兒因曾留學澳洲，習慣靠右開車，所以由她擔任駕駛；小女兒因精通日文，負責導航與聯絡事宜。妻與我的任務，就是坐在後座，吹著涼風，欣賞窗戶外綺麗的山海風光，通體舒暢。

不由得憶起她倆小時候，我利用假期開車載全家到花東旅遊，累了各自安靜睡在後座一角。如今角色互換，她們長大了，父母初老，不變的是，全家一樣在車內有說有笑，溫馨滿溢。

今天診間一角，堆滿了黃澄澄讓人垂涎的香蕉。問了護士，才知是位陌生老農送的，沒留下名字，只提及：去年某個星期天，他因工作不慎被香蕉黏液噴到眼睛，刺痛難忍，但整個屏東都沒有眼科急診；還好經人介紹，我又剛好在家，即時處理化解危機。如今豐收，以此聊表謝意。

德蕾莎修女曾言：「幸福並不在於有華麗的衣服可穿，有豐盛的食物可吃，有寬敞的豪宅可住，而是被愛、被關心與被需要的感覺。」幸福的定義因人而異，我最喜歡如此形容：「幸福是一種感覺，是一種生活態度，不需刻意追求，只要用心體會。」

我每天用心品嘗稍縱即逝幸福的滋味，不知老之將至，也期望有機會讓別人感受到幸福。

牆角的塗鴉

最近，我一有空總不由自主地輕推房門，走進女兒的房間，讀點書也好，小憩一會也好，甚至只是放空發呆，只因我意外發現牆角有一幅褪色的塗鴉。

女兒進幼兒園後，喜歡塗塗畫畫，給她的畫紙永遠跟不上她的創作，她自然而然地就將雪白的牆壁視為畫布，天馬行空，無所不畫。印象所及，白雪公主、小矮人、芭比娃娃幾乎占滿整面牆壁。剛裝潢好的房間，被她一搞，新穎變古舊，整潔變髒亂，我頓時怒火中燒，馬上叫她來罰站，當面訓誡她不可為所欲為，然後吩咐工人重新粉刷一遍。

正慶幸煥然一新之際，沒想到一個月後，她又「再犯」，展現畫功，這次不僅鉛筆，連色筆也派上用場，整面牆照她形容是「多采多姿」，對我而言，卻是「慘不忍睹」，當場狠狠打了她幾個手心。嚎啕大哭後，她發誓不再犯錯。

「改邪歸正」後的女兒，不僅不敢再塗鴉，甚至在美術課上，她也懶得畫，我這才驚覺自己做了一件不良的教育行為。就像整治洪水一般，我只自顧嚴厲地封阻，忘了用緩和的方式疏導，因而扼殺了她的藝術天賦，也疏離了父女親情。

如今女兒已長大，飛到澳洲雪梨攻讀碩士，想她時，我便溜進她曾住過的房間，靜靜欣賞她孩提時曾歡愉完成的塗鴉，藉此稍解思女之情。

時空更迭會改變人們的思惟，年輕氣盛的我，急著將自己認為女兒錯誤的塗鴉，刷得一乾二淨，不留痕跡，要求表面的完美。如今年近耳順，有了人生歷練，想法變得更為圓融，恨不得有更多漏網的塗鴉，能彌補我內心深處的愧疚。

漂亮迅速破案

尼伯特強颱來襲之夜，發生火車爆炸事件，警方根據七大線索，二十三小時破案，排除恐怖攻擊疑慮，穩定不安人心，讓百姓大聲拍手叫好。

三十年前，當時陳國恩署長為中央警官學校隊長時，曾期勉所帶學生一句話：「要為成功找方法，不要為失敗找理由。」相信已深深烙印入官校學生心中，此次漂亮迅速破案，為經典名句樹立典範。

先父從台大畢業後，進入中央警官學校受訓，成為本省籍第一位花蓮刑警隊隊長與嘉義水上分局分局長。深夜時我常被電話聲驚醒，因重大刑案發生，只見家父馬上佩槍，衝向座車，於漆黑寒夜中，揚長而去，母親與我只能默默雙手合十，祝他一路平安，無奈與恐慌的心情，至今仍然歷歷在目。

做為醫生的我，常思索如何協助第一線的人民保母，好友梁兄與我組成機動醫療小組，每當警察因公受傷時，我們二話不說直奔現場關懷診治，必要時幫忙後送轉診。

星雲大師積極推廣人間佛教，不遺餘力，也曾私下提及出家前，最嚮往的職業就是警察，可見大師本具懲奸除惡、濟弱扶傾與保鄉衛民的胸懷。

前些日子，陳署長為了讓警察同仁無後顧之憂，倡立警界急難救助基金，其人道關懷理念與大師的救苦救難，慈悲為懷，不謀而合。

我非常慶幸生長於安定的寶島，在我的家鄉屏東有位事親至孝，勇於負責的警察局局長方仰寧，但治安單靠警力絕對不足，所謂「民力無窮」，但願大家群力誓做警界後盾，破案或值勤時，不吝於網路上按個讚，讓台灣這塊美好土地，永保平安與祥和，成為人間淨土。

博士窩教育出愛與慈悲

林懷民祖厝，詩人良醫「林開泰診所」捐給嘉義縣政府做公益之用，列入縣定古蹟，最大特色為原木白牆，沒有華麗裝飾和彩繪，其目的是教育孩子們，不能因父親職業或豪宅而有虛榮心，應該簡單樸實，難怪其子女各個學有所成，樂於付出。

清代林則徐曾說：「子孫若如我，留錢做什麼？子孫不如我，留錢做什麼？」翻開報章，打開電視，沒有幾天就有富二代仗著多金，為所欲為，為非作歹，做了傷風敗俗之事，讓父母蒙羞，看了不勝唏噓。

林開泰醫師畢業後，選擇回家鄉新港開業，遇有生活困頓的患者，都不收費。當初興建時，他即把診療所蓋在住家前方，方便隨時處理急診，此種仁心仁術，視病猶親的胸懷，讓身為後輩的我欽佩。

猶記得花蓮門諾醫院前院長薄醫師曾感慨：「台北的醫師去花蓮很遠，去美國很近。」其實台灣缺的不是醫師，走在都會區，三五步即見一診所，觸目可見中、大型醫院，反觀偏鄉，卻寥寥可數。

我在屏東小鎮開業已有三十餘年，也試著做個稱職的醫師，在診間隨時擺放愛心米，遇有「福保」與需要的病人，即贈一包；診所大門柱子貼著告示「急診請打××××電話」；例假日有空，參與偏鄉或外勞義診，每接到患者送我自種的蔬果，都讓我滿心歡喜，當醫師的成就感，絕對不是收入的多寡所能衡量。

林氏家族及親友將產權捐贈嘉義縣政府的照片，各個眉開眼笑，這是喜捨後的滿足，可想而知，林開泰醫師在天之靈，必然因教育出「博士窩」的下一代有著愛與慈悲的胸襟而感到驕傲。

捐出最後一絲光明

一位八十歲的老榮民拄著拐杖來看門診，剛坐下就以濃厚鄉音說明來意：「醫師，謝謝，還好你及時幫我轉診，經電腦斷層確定是腦瘤，開完刀後，頭痛症狀好多了；但右眼視力仍未見改善，請問視力有沒有機會回復？」

「視神經一旦受壓迫萎縮，即表示細胞已經死亡，即使醫學突飛猛進的今天，還沒辦法讓它起死回生。」

「我可不可以到台北更大的醫院進一步治療？」他仍存一絲希望。「可以，但結果還是一樣。」我口氣有些無奈。

「可不可以找中醫針灸或吃中藥？」他仍不死心。「可以，但應該效果不彰。」我有點不耐煩。

「那麼麻煩你再詳細檢查我右眼的角膜是否正常？」「老伯，視神經萎縮跟角膜一點關係都沒有！」待診病人的催促讓我有點煩躁，但還是耐著性子用裂隙燈再檢查一遍。

「你的角膜清澈，沒有水腫或發炎，正常！」

「那我可不可以……」不待他說完，我面色不悅打斷：「老伯，我該轉診、該檢查的都做了，該說明的也夠詳細了，你……」

「請讓我講最後一句話。」他一臉正經：「我可不可以將角膜捐出給需要的人？」

「角膜捐贈要再挨一次刀，右眼會塌陷，外觀變難看，你要三思。」我語調因而變得和緩溫柔。

「唉！都七老八十了，還管什麼外觀！」接著他把褲管一拉，十元大小的傷疤映入眼簾，「這是八二三炮戰留下來的，它是我的勳章。」「只要合法，有合適的對象，麻煩你通知一聲。」

看到他吃力離去的微駝背影，我感到羞愧，外在的視力雖日益暗淡，但他內在的心眼，卻如初升朝陽般照亮他人。

十載撿垃圾　甘之如飴

貢寮海洋音樂祭期間，有三名女大學生每天在現場撿垃圾。有人把垃圾直接丟在她們面前，還有穿比基尼的女郎驅趕她們離開沙灘，以免「有礙觀瞻」。讀此新聞，感嘆萬千，「醜」的應是亂丟垃圾的人！

我是喜歡撿垃圾交朋友的清道夫醫師。為了推廣撿垃圾，我試著分享從中得到的益處。

一、撿垃圾是健康的運動。心臟內科醫師建議，每日運動三十分鐘，每週三次以上，持之以恆，對心臟血管幫助極大，可預防中風。

二、撿垃圾是利他的行為。如果沒有清道夫每日辛勤整理，哪來乾淨的市容？

三、撿垃圾是修行的行為。撿的過程中，必須彎腰，那是種謙卑的表現。

雖有讚歎，有譏諷，各種反應都需學習逆來順受，安然處之。

四、撿垃圾讓我有自省的時間。撿垃圾的區域，可逛公園，可爬青山，一個人沒特定路線，自由自在，無拘無束，可以在大自然下輕鬆地跟自己對話並省思。

五、撿垃圾讓我交到知心朋友。撿垃圾只要持之以恆，必然有些和自己頻率相同的陌生人，主動跟我聊天，分享心得，這時可找到知心朋友。

六、撿垃圾可培養慈悲心。沿路上，偶爾會碰到死貓、死狗或死鳥，這時我會在附近的樹下挖個洞，安葬牠們，而後做個簡單告別式，祝牠們一路好走。

撿垃圾是件小善事，但持續多人去做，卻可改變大環境。樞機主教單國璽曾笑著鼓勵我：「莊醫師，你撿的垃圾，有朝一日，可在天堂換等重的黃金。」

撿了十餘載垃圾，少說也累積了上噸的「黃金」，我不奢望日後的「黃金」，但我確信心靈上的「富足」，每日滿載。

六百元善款的小確幸

讀完昨天大學生林尚儒的文章「我們都能是別人的小確幸」，我深受感動。尤其他一直相信，一個城市的溫度，是從許多小確幸累積起來的，讓我對這位這麼年輕就懂得隨時關懷周遭需要幫助之人，刮目相看。

我想起有位中年婦女，看完病後，給了我六百元，指定以現金方式直接幫助弱勢，我好奇問：「診所有待用米，我可以將六百元買三包白米，送給低收入戶。」她婉拒後說出以下經驗：「去年中秋節，我買些應景水果與月餅，興匆匆送至育幼院，沒想到被拒收，追問之下，院長打開貯藏室，只見一堆已發霉的水果與過期食物。」當下她的熱情與善心被潑了冷水。

於是我利用這善款，做了六件小確幸之事——一個下大雨的清晨，看到路邊賣菜的孤單阿婆，買了一小把菜，我給了百元就走；一個豔陽高照的午後，偶遇汗流浹背的拾荒者，直接往他的口袋塞進百元；小吃店瞧見一位疲憊老人，落寞地吃著一碗陽春麵，我默默給老闆百元，囑其為他加個滷蛋與小菜；一位老僧，沿門托缽，我捐了百元；一位患者，機車剛好沒油，忘了帶錢，我給了百元；最後的百元，我給了貧戶的小孩，鼓勵他用功向學。

我很慶幸能得到別人信任，充當愛心平台。就如林尚儒說：「會讓一座城市窒息的，不是汙濁的空氣，而是冷漠。」讓我們用心關懷周圍需要幫助的人，及時發揮愛心，你會更快樂。哲人曾說：「要快樂一小時，去睡個午覺；要快樂一天，去釣個魚；要快樂一星期，去結婚；要快樂一年，去繼承遺產；要快樂一生，去用心關愛周遭的人們。」

陪公子念哈佛

旅居紐西蘭期間，認識不少朋友，其中林醫師是較為與眾不同的一位。林醫師不當空中飛人，他毅然放棄自己經營多年的診所，長住紐西蘭照顧妻小。

他們夫婦從台灣買了一大堆相關教科書與參考書，除了英文之外，舉凡數學、物理、化學、生物皆親自課後輔導，不假他人之手。

紐國評估學生成績，除了智育外，也注重體育與各項才能。為此，他們夫婦倆要求孩子每天上學前喝兩大杯鮮乳，三餐菜色營養豐富外，每天黃昏後也陪「公子」打高爾夫球。經過如此調教，兒子如雨後春筍般成長，高中畢業時已是堂堂六呎高的小巨人。

經由父母不懈地教誨，他兒子高中課業成績全拿「A」；體育方面不僅是學校高爾夫球校隊，甚至還代表國家參加世界青年錦標賽；音樂素養則幾乎達到演奏級的程度，所以申請大學無往不利，不僅當地醫學院接受，甚至澳洲各大學及美國哈佛大學都爭取他入學，並給予獎學金。

聽聞他兒子如此傑出的表現，我特地向他道賀，沒想到他一臉不悅說：「哈佛大學為世界各國學子競相角逐的學府，沒想到我精心栽培的兒子竟然不願去，任憑妻子和我用各種方法慫恿，他就是不聽！」

「為什麼？你的兒子從小就很乖，順從你的意啊！」我百思不得其解。

「唉！就是太乖巧，變得處處依賴，養成飯來張口的習性。若要逼他去哈佛，唯一的條件就是爸媽要跟去照顧他，我已近耳順之年，他還有個弟弟得照料，哪有那麼多時間與精力！」

疼愛子女是父母的天性，但如何放手？讓下一代獨自高飛，真是考驗著為人父母的智慧。

給農民多點同理心

高三時，我選讀自然組的丙組，包括醫學院與農學院，導師說了至今仍讓我難忘的一句話：「同學們！要努力用功，成績好的話，以後在室內輕鬆搖筆吹冷氣，成績差的話，只能在戶外拿鋤頭風吹日晒雨淋。」還好我聽了進去，在農業為主的屏東小鎮行醫超過三十年，不少農民朋友的埋怨，讓我感觸良多。

前天，整日風雨交加宛如颱風，一位七十餘歲的老農，全身濕透像隻落湯雞，左眼貼著紗布，緩步進來看診。我稍帶埋怨語氣：「阿伯，我不是再三叮嚀，剛做完眼科手術，傷口要保持清潔與乾燥，要不然容易感染！」「醫師，不好意思啦！不是我不聽話，實在是因為今晨突然下大雨，我必須趁蔬菜浸水前採收，才能賣個好價錢，要不然幾個月的辛苦，都將付諸東流！」他無奈表示。

「怎麼不叫年輕人幫個忙？」「唉！你有所不知，我的三個兒子都在北部打拚，沒人想做農，家中只剩太太與我兩人，她又中風，行動不便……」

檢查後，還好沒發炎，給了他消炎藥膏，囑他一定要小心，目送他離去背影，我內心深處也酸了起來。

上星期，一位老農種了一分地南瓜，收成後因罹患尿毒症與膀胱癌，身心俱疲賣不出去，我全部買下分贈親朋好友與弱勢，並轉介至某教學醫院主任，希望能開刀切除癌細胞。

怎知住院一天就被趕出來，莫名之下問住院醫師，始知其子因擔心而問了太多問題，惹惱主任，認為他不尊重醫師專業拒絕為其手術。聽完我也為其叫屈，農民性情殷實又辛勤耕種，只能靠天吃飯，醫療上還被不公平對待，身為醫師的我們，是不是該多點同理心？

雲水義診　千里傳善

日前，三位佛光山法師邀我參加雲水醫療義診活動，提及台灣的偏鄉仍缺乏眼科醫師，佛光山提供免費義診，並為弱勢小孩免費配近視眼鏡，為年長者配老花眼鏡，我當下欣然答應，參與六月梨山兩天雲水義診。

其間，妙僧法師提及往年義診令人感動的故事，值得我提筆分享。一位屏東原住民小朋友配了一副近視眼鏡，視野為之清晰，興奮之餘，央其校長一定要代他謝謝，校長鼓勵他直接向法師表達，他才靦腆地說：「我今後要用功讀書，長大以後開一間大的眼鏡行，要學佛光山一樣為弱勢免費服務。」

另外是位嘉義新住民小孩，眼科醫師為他驗完度數，將眼鏡親自送上，他竟然不敢接受，詢問之下，始知其外配母親是位養雞場女工，雖然從早到晚奔波在外，每天只能賺區區六百元，卻是全家經濟唯一來源，家境雖窮，但常教育他，人窮志不窮，不能隨便接受別人的饋贈。

法師靈機一動，隨即勸說：「你假如戴上這副眼鏡，黑板的字會看得更清楚，成績會更進步，以後就能找到好的工作，替母親分憂，媽媽自然不用那麼辛苦，況且這副眼鏡的價格，可以讓她少勞累三、四天呢！」這才讓小朋友含淚接受。

住山上的原住民阿嬤，是位虔誠的基督徒，佛光山的眼鏡，不同信仰，她不敢收。法師看出他的心結，馬上解釋：「這副老花眼鏡是為了讓你看清楚《聖經》，不用那麼吃力，愛，不分種族與宗教，請不要介意。」聽完，阿嬤嘴角上揚，歡喜接下。

法師再三說，雲水義診不需過度張揚，儘量低調，但我覺得善應傳千里，讓人感動而效法，所以冒犯法師之處，尚請見諒。

零碎時間

昨晚沒睡好，乾脆早點起床，離約定運動的時間還有半小時，隨手找了張紙，寫下這篇文章。

小時候家父鼓勵我學英文，最基本的就是背單字。他說很容易，只要把單字抄寫在小筆記本放在口袋裡，等車的時候看一遍，上廁所蹲馬桶時看一遍，下課時看一遍，午休時看一遍，晚餐等飯菜上桌時看一遍，就寢前看一遍，再加上抄寫單字時已寫了一遍，如此眼到手到七次，這個單字自然深植於腦海。

說也奇怪，真的就這樣子把一本袖珍型英漢字典背完，奠定了我英文的基礎，不僅大學聯考因英文拿高分上了醫學院，也接了英文社社長。之後移民紐西蘭，流利的英文讓我交了不少外國朋友，眼界為之擴展。

平常，我會將報章雜誌內的古詩詞或是一些激勵人心的名句寫在筆記本，放在診間，一旦門診有空檔時，隨時翻一翻，久而久之就背了下來，鼓勵人或寫散文時都可派上用場；雖然一樓就有廁所，但我會刻意走去三樓，把爬樓梯當成健身，舒展身心，要不然久坐易病；打球的空檔，我會在公園散散步，順便拿一支垃圾夾將沿途垃圾清乾淨，耳聽風聲鳥鳴，眼看繁花綠葉，周遭環境因我而改變，運動又環保，何樂而不為。

有位八十餘歲的哲學家曾感慨：「我好想在鬧市的角落，彎下腰，手捧缽碗，向過往的年輕人乞求些時間。」老天很公平，給每個人一天皆是二十四小時，有人因充分利用時間而成功，有人因虛擲光陰而失敗。我很欣賞某個名人說的一句話：「歲月不饒人，我也未曾饒過歲月，時間在哪裡，成就就在哪裡。」你不管理時間，時間就不管你，絕對飛逝而去。

可不可以少燒一點？

農曆七月剛結束，台北行天宮宣布為了環保及節約，撤掉香爐、供桌，鼓勵信徒「用手敬拜、用心敬神」，此舉讓我聯想到去年屏東環保局大力推動以捐款代替燒金紙的「以功代金」活動。

醫學上已經證實燒香產生的懸浮微粒易導致心血管疾病及肺腫瘤，再加上寺廟是住家社區空氣汙染源的第一名，信徒眾多的行天宮，能為環保與健康起身做領頭羊，我由衷敬佩。

每天清晨，我都至公園打網球，打完球，我會沿公園小徑走一圈，順便將垃圾撿拾乾淨，途中總會遇到莊校長在樹下練氣功。不過連續幾天都沒見到校長，正納悶之際，他出現在我診間。我問：「校長，怎麼那麼多天沒有看到您在公園練功？」「喔，我改到下午才去。」「為什麼？」
他無奈回答：「唉，說來話長。上星期，公園旁的一間小廟，可能是農曆七月的關係，信徒每天清晨都燒一大堆金紙，整個公園煙霧瀰漫。我跟他們委婉地要求：『可不可以少燒一點或晚上燒？』『不行！燒越多表示越尊重好兄弟。晚上燒，烏黑一片，好兄弟看不到金紙。』『既然這樣，麻煩你們一邊燒，一邊攪拌，讓金紙完全燃燒，煙就不會多，汙染也比較少。』『不行！金紙一攪就碎了，好兄弟拿不到完整的一張鈔票，會生氣！』」信眾仍堅持，校長只好無奈地改下午去。

我尊重所有宗教，也堅信宗教的出發點都是愛，但只顧自己不管他人的「私愛」，我難以苟同。

期望環保局能行使公權力，至少在公園或公共場所嚴禁焚燒金紙，更希望溫室效應日趨嚴重的今天，每人力行節能減碳，留個清淨的地球，讓下一代子孫能永續生活。

貳——一念之間

慈悲心腸的低收入戶孩子

最近，我有了一個親近的「孩子」，他今年即將高中畢業，是我的患者，上個月因視力模糊而來掛號，從健保卡註記，得知他屬福保（低收入戶）。就如往常一般，我低聲問：「送你一包待用米好嗎？」沒想到他笑說：「不用啦！我姑姑開自助餐店，食衣住行無缺，請送給更需要的人。」

話匣子打開後，我進一步了解他生於一個坎坷的家庭，三歲多時父母離異，母親不知去向，他和父親相依為命。沒想到屋漏偏逢連夜雨，七歲時，父親罹患重病，他小小年紀，一有空就必須趕到醫院照顧父親，不久父親去世，他姑姑挑起照顧之責，直到現在。沒了雙親呵護，他不曾喪志氣餒，不僅在校成績持續名列前茅，課餘還幫堂兄們整理果園，或在自助餐店當個好幫手。後來，我鼓勵他下課回家途中經過診所時，可找我聊些生活上喜怒哀樂的事；課業上有任何不解之處，我也樂於以父執輩角色加以輔導。每當看到老年或行動不便的病人，他都會主動上前扶持；知道我每天清晨出去撿垃圾、做環保，他也央求與我同行，從不喊累。昨天他突然拿兩百元來診所，麻煩我買待用米送給貧困之人。我正納悶錢的來處，他馬上解釋；「我幫學校整理環境，順便資源回收，這個月賣了兩百元，數目不多，請不要具名。」讓我當下感佩不已。不可諱言，現今年輕人有不少草莓族，他們的所作所為讓人嘆息。反觀我這個「孩子」，不曾怨嘆命運，年紀雖小，卻有慈悲堅毅特質與服務助人的熱忱。我樂意張開雙手，視他為己出，適時助他一臂之力，給予他一些溫情。相信有朝一日，他必能闖出自己的一片燦爛天地。

懷著大愛做小事

初冬時序，寒風蕭瑟，臨近黃昏時，利用空檔正想閱讀手邊好書。

「莊醫師，想不想吃麥芽糖？」前面掛號小姐大聲問。

「我又不是三歲小孩……」

「因為我看到對街有位老伯，駝著背、彎著腰，辛苦地推著破舊腳踏車叫賣麥芽膏，但生意好像不太好。」

喔，原來如此。

這讓我想起小時候，麥芽糖的小販都有支特製的竹製響具，搖起來發出嘎嘎的高音吸引遠近小孩聚集。那時沒有零用錢，只得四處撿集可回收的空酒瓶或鐵鋁罐，小販就視量的多寡換給對等的麥芽糖解饞。

有回，我一時找不到空瓶罐，只好回家偷拿廚房架上整罐未開封的克寧奶粉，換來滿嘴麥芽香，之後被母親發現，痛打一頓。護士們聽完哄堂大笑。

「今天有幾位上班？」

「包括藥師，一共八位。」

「好，一人一份我請客。」

護士拿了錢開心走出診間，沒多久又衝了回來。「怎麼回事？賣光了？」我失望又不解。

「外面烏雲密布突然下起雨來，我回來想拿把傘給他撐著，老人家才不會淋雨生病。」二十來歲的女孩貼心又溫暖的舉動，我看在眼裡，感動在心裡。

沒多久，診間每個人手上都有支竹籤，上面有兩片餅乾夾著麥芽糖，混著淡淡鹹味的脆梅乾。護士邊吃邊提及：「老伯還特別交代我要謝謝你，因為這次的捧場，讓他晚餐有了著落。」

其實該感恩的是我，不是賣麥芽糖的老人。這麥芽糖酸甜的滋味不只在口中化開，更深深湧入我心頭，快樂無憂的童年時光歷歷在前，久久不能散去。這味道，千金也買不到。

德蕾莎修女曾言：「我們沒有能力做大事，但絕對有機會懷著大愛去做些小事。」社會上多些關懷，少些疏離，那該多好。

長兄如父

小時候，家境小康，父親在警務處當個小科員，母親則在小學當老師，只是五個小孩食指浩繁，她不得不辭去教職，在鎮上開了間藥房，父親也在下班後養些豬補貼家用。

雙親忙得不可開交，教導管理弟妹的工作就落在大哥肩上，當時我們住在眷村，大哥功課好、身體壯，自然成了孩子王。我和他相差六歲，父母不在家時，常跟著他屁股後面走。

記得有一次，大哥帶頭偷挖隔壁村農夫種的地瓜，隨後做了個土窯，現場烤起戰利品。大哥從不藏私，不管地瓜大小、無論烤熟了沒，我總有一份。只是那時我胃腸不好，還沒到家就拉了一褲子，又那麼巧，受害農夫上門理論，母親見狀，馬上把大哥訓了一頓，看他被打得鼻青臉腫，一旁的我低頭羞愧不已。

大哥不知何時學會下圍棋，為了有個對手，他耐心地從頭教我，沒錢買棋盤與黑白棋子，就用尺在紙上畫十九乘十九的小格子當棋盤，黑子用X代表，白子以O表示。颳風下雨的日子，不能到戶外鬼混，就在客廳裡下棋「廝殺」，從不覺得無聊。

童年的多采多姿到今天六十五歲初老，生活動靜皆宜，大哥的陪伴與指導功不可沒。

大哥事親至孝，父母親晚年都住他家，兄嫂照顧食衣住行無微不至，讓老人家讚譽有加，安享餘年。父母過世後，大哥將遺產均分為五份，不分長幼男女一律平等，然後將五支籤恭敬地置於父母親牌位前，帶領弟妹一起虔誠膜拜，然後各自抽籤。

古往今來，常見手足為了遺產分配不公而引起糾紛，甚至大打出手，我們家則是皆大歡喜，和平落幕。大哥的公正與睿智，贏得我們滿心的感佩和尊敬。

有這麼一位好哥哥，是我的福氣，真誠企盼，來世還能結好因緣，叫他大哥。

把別人的父母當成自己的

方女士是我的老病人，視力因一眼白內障手術失敗而日益模糊，每次來看診都需拄著拐杖一步一步，小心翼翼走進診間，深怕她不小心跌倒，我還央請護士扶他一把，縱然如此，她每看完診都從診間拿兩包愛心米，親自送給低收入的鄰居，行之多年。

約莫半年前，她低聲開口求我給她一些現金，我不明就裡問其原因，她才不好意思地說出痛處：「年輕時，我是個土地代書，大家稱我女強人，不僅介紹土地、房屋買賣，自己也投資，賺了不少錢，當時的生活紙醉金迷、名車精品，樣樣不缺。有了錢還想更有錢，最快的方法就是去賭，沒想到一下去就不可自拔，日夜顛倒，身體因而不堪負荷，有次深夜開車返家，精神不濟，恍神之下出了車禍，被送至急診，經過多次開刀，住進加護病房，始撿回一條命。屋漏偏逢連夜雨，當時台灣經濟急轉直下，股市崩盤、土地交易急凍，所有財富瞬間付諸流水，丈夫因此離異，兒子又不學好，整天在外廝混。」講到此，她語氣哽咽、眼白泛紅，整理完情緒，擦乾眼淚後，她繼續：「從天堂掉到地獄，本想一了百了，但看到那些八十餘歲的老人家，有的臥床、有的失智，心很不忍，我還有手腳，智能也不差，比較之下，幸福多了！所以我想煮些東西送過去，以前的我志得意滿、目中無人，沒能好好孝敬雙親，如今我要把他們都當成自己的父母，略盡孝道，只是沒餘錢買菜……。」

「那沒問題，您出力，我出錢，咱們一起做。」我真高興她轉念之後，愛與善的念頭由衷而起。這些日子，她不知煮了多少餐、送了多少米，但每次進診間，我都注意到她，步履愈來愈穩，笑容也如破曉初升的朝陽，愈來愈和煦燦爛。

勵志故事很管用

我從小調皮搗蛋，逃學無數次，經過老師調教、父親毒打與母親善誘，依然我行我素，傷透父母的心。

父親在日據時代就讀州立高雄中學，之後是光復後台大第一屆高材生，母親則畢業於台北師範，他倆一直搞不懂所謂的「龍生龍，鳳生鳳」這個最基本的遺傳法則，在我身上竟然看不到一點蛛絲馬跡。

有一回過年，全家團圓圍爐，父親酒過三巡，不經意講了他過往的故事，卻因此改變了我的一生。

故事開始於父親高中時代，那時好學校學生名額大都保留給日本人，僅留少數讓本地台生競逐。父親好不容易考進雄中，文武雙全的他當了副班長，班長是位日本人，名叫加飛一郎。不服輸的老爸各科成績皆名列前茅，只有英文這科，怎麼拚都沒法趕上身材瘦小，弱不禁風的班長。氣餒之餘，他暗中觀察班長如何學習英文。

有一天他注意到加飛一郎嘴巴動個不停，以為他在嚼口香糖，定神一看，才知他吃的是紙；仔細再瞧，赫然發現班長每天必將日英字典的單字熟背一頁，然後將整頁咬爛後吞下肚，最後竟然將整本字典吃完。後來加飛一郎學成回國，被選為國會議員，又因外語能力出眾，還被日本政府選派至西班牙當大使。

當時念初中的我，身材有如加飛一郎，聽完之後，視他為偶像，心中油然升起「有為者亦若是」的雄心鬥志。隔天馬上買了本袖珍版中英字典，隨時放在口袋，充分利用零碎的時間背單字，終於在聯考之前，將整本字典內的單字背完，如此一來，我的英文成績進步神速，建立信心後，其他科別自然迎刃而解，之後一帆風順考上了醫學院。

原本父親已經絕望到要遣我去工廠當學徒，沒想到一個小故事，卻輕易啟發了我，真讓他始料未及。

疫苗讓你先打　只要……

昨天臨時接到疫苗注射通知，今早到了醫院，只見現場一片混亂，吵鬧聲不斷，其中一位年長者高聲斥責：「明明通知我今天可打新冠疫苗，為什麼到了醫院卻說要延期？」掛號小姐輕聲解釋：「不好意思，中央疫情指揮中心指示，有限的疫苗優先分配給第一線醫護警消人員……」不待說完，另一不耐的長者憤怒咆哮：「他們大都比我年輕，抵抗力強，我們都超過六十五歲，年邁力衰，為什麼我們還要等？」「疫苗僧多粥少情非得已，請共體時艱。」在旁護士試著緩頰。「不行！他們是人，我們就不是人？」「我們再等下去會死！」「叫醫師和院長出來解釋！」大夥七嘴八舌愈吵愈兇。

就在此時一位著防護衣護理師挺身而出：「伯父們，我昨晚到現在都沒闔眼，穿著厚重的防護衣密不通風，雖在冷氣房還是汗流浹背，為了省時間多照顧病人，我有如嬰兒般整日穿著成人紙尿褲，我不怕累只希望病人在嚴峻的疫情之下早日出院，空出病房，能救助更多的患者。如今看到你們為了一己之私，吵得醫院像菜市場一般，醫護人員人心惶惶，不能專心照顧病人，長輩，這樣對嗎？好吧，你們之間有任何人，能穿上我這件防護衣，持續一小時不脫下，我就讓出我的疫苗讓你打！」堅定的口吻頓時讓全場鴉雀無聲，候診室也因此恢復暴風雨後的寧靜。

這使我想起法鼓山聖嚴法師，晚年不幸罹患腎臟癌，他的弟子不乏醫師，私底下有管道提前拿到腎臟，勸其換腎挽救生命，他卻婉拒：「我已垂垂老矣，縱然換腎成功，餘命也有限，手術也花費錢，不如將手術費幫忙弱勢，這顆腎就讓給更需要的年輕人吧。」這種捨己為人，禮讓的長者風範，至今仍被後人稱道不已。

警察的心聲

五十四歲信義警分局分局長李德威，從警三十一年，為人謙遜，工作認真負責，警界風評極佳，卻在壯年歷練豐富之際申請退休，姑且不論是否和柯市長的一句話：「再有法輪功的人被打、上網，就換掉你！」有關，實在是社會一大損失。

我的父親從台大畢業後，轉進中央警官學校，從基層科員幹起，歷經刑警隊長、分局長，最後屆齡退休。當他的兒子最能體會警察工作的艱辛與危險。

小時候，我讀過兩間小學，兩所初中與高中，原因無他，只因家父約兩年必調動職務。

寒夜中，最怕電話驟然響起，因為重大刑案之故，父親匆忙換裝後，隨即驅車火速趕往現場，留下母親與我孤單忐忑守在家中，心中默默祈求他平安歸來。

在印象中，有不少刑警手腳或多或少都有疤痕，甚至其中一位在追捕過程中，被狡猾陰狠的盜匪咬掉半邊耳朵。

雖然父親有柔道三段實力，家中推拿痠痛藥膏與貼布從不間斷。有一晚，父親突然從沙發躍起，飛奔出去，這次不是捉壞人，而是要歸還禮盒裡暗藏的紅包。

我有不少朋友，年紀輕輕就從警界提早退休，問其緣由，大部分是因沒有固定假期，隨時必須待命，家庭與事業難以兼顧。「罵不還口、打不還手」使他們喪失自尊，辦案中，黑白兩道的關說，更讓他們疲於應付。

我們五位兄弟妹，如今各個身體健康，事業有成，聚會時，總會憶起嚴父，雖然他陪伴我們的時間不多，但奉公守法，盡忠職守的精神，我們永難忘懷，也堅信他的陰德至今仍庇佑著兒女。

下次在繁忙的車流中，陰暗的巷道裡，遇到值勤中的警察，請帶著感激的笑臉，豎起大拇指，當下向犧牲奉獻的警察道個好、按個讚，以讚美代替苛責，警察士氣也將為之提升。

為地球盡一分心力

今天四月二十二日，是世界地球日，全球各地熱烈舉辦無數慶祝活動。六十一年前的今日，老天讓我誕生，似乎有其意義，所以我也樂於盡己之力，愛護我們居住的地方——地球。

我撿垃圾的歷史已近二十年，從公園撿到山上與海邊，從紐西蘭撿到台灣，最近好友梁兄鼓勵我組個社團，讓更多人能參與，影響力也會隨之增加。所以三月初成立了「心靈環保學會」，期望每個人都能做中學，學會成員約二十人，涵蓋士、農、工、商各階層。

「掃地掃地掃心地，不掃心地白掃地。」每週六早上打掃一條潮州較髒亂的道路，終點還在公園，最後將蒐集的垃圾加以分類，可回收的再利用，以免造成二次汙染。上星期為了提前慶祝地球日，特別邀請小音樂家在公園涼亭舉行小型音樂會，長笛與小提琴精采表演，悠揚的樂聲，吸引不少園內休憩的遊客，大夥兒在綠意盎然的樹蔭下安靜聆聽欣賞，心靈也隨之舒緩。

每週五晚上，利用兩個小時共同閱讀一本書，然後各自發表感言。自己一個人看書有如盲人摸象一般，每個人看到的面向與想法各不相同，最後由年紀較長，經驗豐富的榮譽會長梁兄、我與退休老師的鄭總幹事評論並總結，反應頗為熱烈。

此外，我也利用各種機會到各社團與中小學演講，並接受電台訪問，宣揚環保對人類永續生活的重要性，再三強調空氣水源汙染與溫室效應，如溫水煮青蛙，日益嚴重，若不加以正視，他日必陷萬劫而不復。

印地安人有句格言：「善待地球，地球不是你父母給你的，是你的孩子借給你的。」盼望人人隨時隨地做環保，由外境的整潔進而導致心靈的純淨，提升到「身是菩提樹，心如明鏡台，時時勤拂拭，莫使惹塵埃」的境界。

懷念古早婚宴

女兒即將出閣，急著訂餐廳、買喜餅、聯絡親朋好友，忙得不可開交。八十二歲的陳姓老友看在眼裡，娓娓道出他那個時代的婚宴點滴，聽完心中一陣暖意。

那時鮮少餐廳，場地皆借用廟前廣場或大戶人家的三合院，經過媒妁撮合，決定好日子。婚禮前一天廚師就已進駐，敬拜天公，蔬果冷盤先行整理，洗的洗、切的切，不夠人手時，遠方親友會不遠千里前來幫忙，甚至左鄰右舍也會請纓協助。缺蔥蒜不用麻煩，屋旁菜園隨拔隨用，大夥兒各司其職，邊做邊聊、有說有笑。忙完，已是明月高照、繁星點點的午夜時分，主人家會吩咐辦桌主廚準備一桌熱食，慰勞辛勤的參與者，這一頓稱為「菜頭」。

結婚那天，若桌椅不夠，村民會提前把自家的搬至會場，所以可見不同款式的桌面與高低不齊的座椅，新舊摻雜，有如聯合國，煞是古樸可愛。全村老少不分彼此全體動了起來，各個笑臉迎人、喜氣洋洋。席間，乾杯之聲不絕於耳，酒酣耳熱之際，會聊聊村裡發生的大小事與新人童年趣聞，七嘴八舌、此起彼落，好不熱鬧。

童稚們雖不能上桌，但父母會用筷子當作竹籤，串幾個丸子、倒一杯黑松汽水，孩子們接過後，隨即興高采烈閃到一邊打彈珠、玩紙牌或捉迷藏，笑語嬉鬧聲不斷。宴席結束後，主人會將所有剩菜置於大鍋，加些蘿蔔、青菜、辣椒一起熬煮，調味後，即成所謂的「菜尾」，離席時，每家分得一大包，賓主盡歡。

當時的會場布置，只有簡單的帆布帳篷遮風避雨，夏天熱氣逼人，冬季寒風瑟瑟，菜色或許沒有當今昂貴的進口食材，但「互助」與「分享」的美德深植在每個人的內心。有福同享、有難同當，不分彼此的人情味今日何處可尋？令人懷念。

老吾老以及人之老

我是在參加公益活動時認識粱兄，他的背景與理念和我極為相似，我們很快就變成無話不談的好朋友。

他自稱從小就是媽寶，是個不折不扣的跟屁蟲，虔誠信佛的母親每天早上到佛寺燒香誦經，他也會在旁依樣畫葫蘆，不吵也不鬧。或許是長年沉浸佛法之故，他有顆悲天憫人的心，時常主動關懷別人。

當他上大學負笈北部，每逢假日，大部分同學都忙於交友玩樂，唯獨他有如信鴿一般，急於展翅飛回位在屏東潮州的老家，只為承歡雙親膝下。

畢業當完兵，大多數年輕學子都留在大都會發展，他則反其道而行，返鄉陪伴父母。每天起床第一件事，就是和老父慈母問安。有空必定開車載著爸媽四處旅行，他常以幽默的口吻和雙親分享生活的所見所聞；他主修戲劇，誇張的語氣和動作，總能博得兩老歡心，活像個現代老萊子。

有回他陪伴老母到醫院做復健，結束後眼見四位阿公阿婆，已診療完畢卻仍枯坐候診室，也無兒女伴隨。追問之下始知他們住萬丹鄉下，有慢性病，子女皆在外打拚，家境又清寒，為了看病，只得起個大早，趕搭第一班公車，看完診後，又得耐心等兩小時一班的公車回家。當下，梁兄誠摯邀請他們和老母一起上車，雖然超載，但車內氣氛卻溫馨無比。

從此，梁兄的轎車變成看病專車，載母親的同時，必然轉進偏遠的萬丹，將那四老一一載往醫院，風雨無阻。據說有次被交警攔下，正要開罰單之際，四老挺身求情，知道真相後，警察笑著舉起大拇指，誇獎梁兄不僅孝順還樂於助人，並將開罰單改成勸導。

有人說：「世間有兩件事不能等——行善與行孝。」如今梁兄的母親已過世多年，但他仍持續默默做著「老吾老以及人之老」的善行，讓人敬佩。

不向癌症低頭

幼時罹患視網膜母細胞癌，摘除左眼，如今又受血癌之苦，但陳伯恩不向命運低頭，堅信「上帝關扇窗、就會再開扇窗」，終於在國際數學奧林匹亞競賽中成為我國第一位獲得金牌的國中生。感動之餘，我也願分享周遭兩位好友罹癌後，不僅不退縮，不向癌症低頭，反而勇敢走出去做公益的故事。

首先是位醫師朋友的妻子，多年前發現甲狀腺癌，做全甲狀腺切除手術後，毅然放下「醫師娘」的身段，邊吃藥，邊利用深夜蒐集高雄市各糕餅店當日沒賣出去的麵包，整理之後，隔天親自開車送往屏東偏遠山區，讓原住民小孩與獨居老人分享都市才有的美味，除了颳風下雨，路況不佳外，從不間斷。問她累不累，她說：「看到山地小孩燦爛的笑容，再辛苦也值得。」

另一位好友兼球友，年近七十，和我一起做環保義工已逾半年。前陣子因胃部不適，超音波檢查赫然發現肝臟有兩個腫瘤，轉診至大醫院進一步追蹤，胸部X光又顯示有肺癌，加上十年前曾得攝護腺癌，所以他現在一身有三種癌。最近住院做完兩個療程，化療後，口腔潰瘍，身心俱疲，他仍堅持每天公園走一趟，順便拿著長夾將垃圾清理乾淨。我曾勸他，他竟回答：「不行！時間所剩不多，我要將最後所剩餘的體力，用在回饋鄉里上。」

據醫學研究，罹癌後，大部分病人情緒上會經過五個階段：一、否認；二、討價還價；三、憤怒；四、憂鬱沮喪；五、無奈接受。最後躺在病床，落寞以終。有人說過：「完美的人生，第一個字彙是『冒險』，最後一個字彙是『愛』。」倘若人生是一部戲，期盼每個人即使是在即將落幕時，也能活出生命意義，把愛傳下去，讓「台灣最美的風景是人」的美譽，傳遍世界各地。

單樞機教我的事

看完「手心向上攤開、單國璽銅像活出愛」的報導，又將我的思緒拉回三年前和單樞機相處學習的日子。我常利用診所空檔，打電話向他請益，他和我無所不談。兩年間就近陪他演講、募款、義診與助人，從中學習，獲益良多，也因此改變了我。

綜觀單樞機，除了有宗教家博愛性格外，還有許多人格特質。

一、重視環保：在花蓮當主教時，他每天清晨運動，一定順手拿支垃圾夾，沿路將街道環境清理乾淨。他本來不想出書，認為紙張會導致砍伐森林。他寫稿不曾用稿紙，而是用手邊回收紙，毫不浪費。

二、人人平等：他的朋友，上至總統高官，下至販夫走卒。職業不分貴賤，政治不分藍綠，甚至跨越宗教，和達賴喇嘛、星雲大師與聖嚴法師對談。

三、服務至上：跟他吃飯，他永遠還坐最謙卑的位置，上菜時勉力起身為大家服務後，才享用最小份的餐點。

四、講求信用：有次，我邀單樞機辦募款活動，所得全部捐給天主教真福山做為社福基金。結束後，我央求其中部分款項幫助潮州當地弱勢，沒想到他義正詞嚴回絕：「說好給天主的錢，要有信用，咱們不能隨便挪用。」沒想到幾天後，他私下捐出一萬元囑我善加利用。

五、勤儉樸實：罹癌初期，教廷指派一位修女貼身照顧，沒多久單樞機婉辭，原因是出門時，要找女舍，太麻煩。為此教廷另派一位男修士，沒多少時日，又被婉辭，理由是出門時，交通費要多花錢。他晚年，每天掃地、拖地，不假他人之手，當成健身活動，樂此不疲。

單樞機在世時，常提醒我要把每位病患當成耶穌看待。我在診所隨時準備待用米送給低收入戶；在門前貼文：「急診病人，請打 XXX 電話，若莊醫師在，必為您服務。」這些措施，都是受他影響。

面對生命的變局

最近，我熟識的兩個家庭受到了癌症的侵擾。

第一個家庭，假期前太太咳個不停，本來以為是感冒，不以為意，怎知有一天突然咳出摻有血絲的痰，這才驚覺不對勁。看了耳鼻喉科，做了內視鏡檢查，發現鼻腔後方長了兩顆腫瘤，當天馬上轉診至大醫院做切片檢查，醫生高度懷疑是惡性腫瘤，吩咐她回診看病理報告。太太聽完後心情沉重，茶飯不思，半夜時常驚醒哭泣，並取消了所有活動，足不出戶，整個家庭瀰漫著憂愁的氣氛。

反觀另一個家庭，妻子前年確診為甲狀腺癌，做了全甲狀腺切除手術，沒想到就在連假前夕，她又在頸部摸到兩顆腫塊。抽血檢查後，醫師研判有百分之九十五的機會是癌症復發，為避免轉移，建議儘速住院。她當下回應：「我能坦然接受，但到國外度假的行程早已安排好，我不想掃先生與兒子的興，希望珍惜自己最後的日子，好好陪他們。」全家輕鬆出遊後，妻子準時回診準備住院，沒想到醫師笑著說：「恭喜！妳屬於那百分之五，病理報告是陰性。」夫婦倆當場相擁破涕為笑。

以上兩個例子，使我聯想到單國璽樞機主教，罹癌後，醫師預估他只剩四個月生命，於是他馬不停蹄發揮自己最後的「剩餘價值」，巡迴各地學校、監獄、機關做「生命告別」演講，強調抗癌最好的治療，就是面對它，並且超越它，而不是被它征服；與其每天活在癌症的魔爪下苟且偷生，不如好好善加利用。他把癌細胞當成「小天使」，隨時提醒自己日子所剩不多，更要積極生活，將每一天當成生命的最後一天。

其實，很多病人根本是被「嚇」死的。面對癌症，接受它並與之和平相處，恆持樂觀正念，不僅會讓生命的「量」隨之增長，生命的「質」也將因此更加豐富。

小病人是我的老師

記得開業初期，有一位看似幼兒園的小患者，眼皮長了個麥粒腫（俗稱針眼），內布滿膿疱，我建議父母：「為了縮短病程，長痛不如短痛，現在就動個小手術，將裡面的膿引流出來，然後點抗生素藥膏，蓋上紗布，隔天就沒事。」

小病人一聽，馬上又哭又鬧，不管父母怎麼哄騙，他就是不從；最後只好將他架上手術台，硬是做完切開引膿術。

術後小病人越哭越大聲，我恐嚇他：「再鬧，醫生伯伯叫護士阿姨打一針！」才暫時平靜下來，沒想到走出診所，他掙脫父母，衝進診間罵三字經，大聲咆哮「把我弄得那麼痛！」隨即跑走，留下一臉錯愕的我，事後反省，在他小小心靈裡，我是個不講理的惡魔，而不是解除病痛的醫者。

最近參加為南區身心障礙小孩舉辦的義診，一般而言，這些都是醫院及診所不太歡迎的患者，還好當天義工多，再加上有三位醫師。

就在義診結束前，來了位小女孩，我先誇她有雙水汪汪的大眼睛，像芭比娃娃可愛，這招果然奏效，她極力配合檢查。結束後她突然開口：「醫師伯伯，我能為您畫一張圖嗎？」「當然可以。」當下她就用小手畫了一位穿白袍的醫師，右手拿一隻網，附近飛舞著兩隻漂亮的蝴蝶，她解釋：「您是第一個帶著笑容且稱讚我的醫生，一定很忙，沒認真看過野外漂亮的動物，所以您可以用網子抓到可愛的蝴蝶妹妹，欣賞完後，記得放她們回去找媽媽喔！」此時在旁的母親催促她，她才依依不捨揮手，還不忘留下電話號碼，叫我記得跟她聯絡。

前輩時常強調，看病是藝術，專注聆聽病人主訴，並充分溝通，可消弭不少的醫病對立。聖嚴法師曾說：「救苦救難是菩薩，受苦受難才是大菩薩。」有時，小病人才是我該學習的老師呢！

跨越國界的愛

上個星期日參加東港外籍漁工義診，由於患者大部分來自印尼，所以有位翻譯全程配合我診治；利用空檔，我和她聊了起來。

「每次義診都看到妳，常面帶笑容，服務又親切，真不簡單！」我由衷稱讚。「醫師，你過獎了，他們是我的同鄉，飄洋過海來台討生活，能幫上一點忙，我也覺得高興。」她謙虛回答。

我問她從哪來。「我本來住雅加達，父親是位外燴廚師，收入不定又不豐，家中食指浩繁，所以我高中沒畢業就嫁到高雄，希望賺些錢匯回老家補貼家用，沒想到……」她深呼吸一口氣繼續說：「不久丈夫得了口腔癌，歷經開刀三次，加上無數次電療，沒辦法工作。」雪上加霜的是，一對兒女共騎機車前往醫院探視父親，途中慘遭車禍，女兒重傷進加護病房、兒子骨折開刀。

當時她獨自照顧老邁公婆、罹病的先生與受傷的子女，一度萬念俱灰。還好印尼的父母匯了點錢接濟，嫁到馬來西亞的大姊特地飛來台灣幫忙三個月；最重要的是，台灣有全民健保，減輕不少醫療支出；她白天在仲介公司當翻譯，晚上至補校進修中文，兒子半工半讀，日子還算過得去。

「妳遠嫁至此，人生地不熟，遭逢困境不迴避，選擇勇敢面對，真不簡單！」感動之餘，我豎起拇指讚歎。

「其實你們台灣人和善又樂於助人，我曾遇到不少貴人，默默在旁慰藉或金錢資助。感恩在心，為了回報，我每年都主動參與這類活動，發揮自己的專才，這次更帶病癒的兒女一起來幫忙，順便讓他倆見習台灣人跨越國界的愛。」

她的另一半或許教育水準不高、經濟狀況不佳，但她把台灣當作自己的家，劇變來襲、勇於承擔、無怨無悔、善用時間充實自己，融入當地社會，更懂得適時回饋，堪稱外配中的楷模。

每天一炷香的意義

清晨一炷香，祈願警察同仁出勤平安，因為我們都是一家人。

警政署署長陳家欽於警察節前夕南下屏東潮州分局，探望慰問因公殉職同仁林昱宏的遺孀，同時致贈慰問金。事件發生於一九九〇年十二月間，高雄警匪槍戰，槍林彈雨中，林員不幸中彈殉職，留下三個嗷嗷待哺的幼女與孤苦伶仃的太太，當時陳署長任職高雄市警察局，事隔十餘年，仍惦念其遺孀與子女生活是否安適，其剛強的外表與柔情的內在，不僅鼓舞了警察士氣，也讓我衷心感佩。

家父是光復後台灣大學第一屆高材生，因其身材魁梧，柔道三段，又曾入選田徑校隊，所以畢業後又考上中央警官學校，之後當了本省籍第一位刑警隊隊長，每天清晨，他都要求當時讀高中的我，要向神明及祖先燒一炷香，我不明其理，但父命難違，所以日日行禮如儀。

深夜中，我最怕電話驟然響起，父親匆忙換裝，然後火速趕往案發現場，那時他都會被提醒「鴨頭」（配槍）要記得帶，母親與我暗夜裡，只能望著他急跳上車離去的背影，提心吊膽，徹夜祈禱，只盼他能平安回家。警察工作的艱辛與危險，也讓我了解每天一炷香的意義。

下次如果您在繁忙汙濁的車陣中，見到警察揮汗指揮交通，或在寒風黑夜裡，看到警車來回巡邏，不妨豎起大拇指，說聲辛苦了，沒有人民保母不眠不休辛勞值勤維護治安，絕沒有安居樂業的環境，這也使我想起一個外國朋友不可置信地稱讚：「在台灣，深夜一個人，可以無畏無懼的在街道行走或公園散步，真好！」

六月十五日為警察節，我以有位警察爸爸為榮，也願燃起一炷香，祝全國警察佳節平安快樂。

動手做就對了

創新工場董事長李開復曾說：「創業的第一步，就是動手做。」嚴長壽前一陣子也提及：「台灣最需要的，就是捲起袖子去做事的人。」我深表同感。

「坐而言，不如起而行」這是老生常談，可惜能做到的人並不多。

我是個期望能救世濟人的醫師，在診間常常苦口婆心勸病患要下定決心戒菸、少喝酒、多運動，但聽得進去並進而改善者並不多，甚至同行醫師也有老菸槍、酗酒與肥胖者，說來頗為諷刺。

媒體所謂的名嘴，講別人的不是，頭頭是道，口沫橫飛，刻意創高收視率，卻鮮見他們檢討自己，付諸行動去改正，如此除了製造社會對立，對台灣這塊寶島的安定和諧，沒任何助益。

我深信上蒼創造人，給了一雙手、兩條腿，卻只給一張嘴，其意義就是希望身為萬物之靈的我們，能多用雙手去「做」，多用雙腳去「行」，少用嘴「空談」。

十五年前，我從紐西蘭返國，垃圾隨處可見，於是每天隨手拿起垃圾夾，將診所附近與公園清理乾淨，週日登山時，順便將沿途垃圾帶下山，本來一個人做，後來好友陸續加入，團結力量大，行動力也隨之增強。

台灣好基金會董事長柯文昌夫婦，從報章得知其家鄉屏東有一群人默默為環保付出心力，百忙中特地抽空從台北南下，和我商討如何讓潮州更好，初步決定要從國外進口大量長垃圾夾，免費送給義工外，還策劃在賞心悅目的綠色隧道下辦場大型活動，就如同其基金會去年邀請雲門舞集與音樂家，在台東池上一望無際金黃稻田中表演一般，藉此提升潮州在地文化水準。

「簡單的事，做久了，就變成不簡單；平凡的事，做久了，就變成不平凡。」我堅信動手做，只要有心，必定會產生蝴蝶效應，但願這般風潮，能帶動至全台各地，讓台灣寶島變得更潔淨、更美好。

剩菜的去處

兩年前，好友小蘇和我一起參加喜宴，席間，每道剩菜他都全數掃入自備的塑膠袋中，當時看在眼裡，暗自覺得未免太超過。

結束後，他兩手大包小包放進車內，我帶著調侃的語氣問：「家中一定很多人吧？」

「沒有，妻和我而已，一對兒女在北部讀書。」

「那……」我追根究柢想問個明白。

「我知道你好奇食物的去處，那是要給三十位小朋友的點心啦！」他一臉輕鬆繼續說：「牧師的女兒到鎮內各小學央求校長提供單親、隔代教養、新移民或難以管教的孩童名單，下課後四點到六點接去教會課輔，連我太太都會過去幫忙呢！」語氣帶點驕傲。

隔天，我特地到現場了解狀況。只見七、八位大學生正陪伴不少小朋友複習功課，鴉雀無聲，井然有序。與負責人江老師交談後，始知這免費課輔已行之多年，由一個不願張揚的企業長期資助，不足的經費他自己掏腰包，義工不足，就聘請附近的大專生。且課業輔導之外，更重要的是品德教育，學生有任何行為偏差，必與學校老師溝通，雙管齊下，效果顯著。

那之後，但凡親朋好友、患者送的好物，或是因農友豐收滯銷而收購的水果，我一律轉送給那些認真向上的小朋友。

上個月，一位好友來看診，他是個早餐店老闆，告知此事後，二話不說，隔天就把當天賣剩的早點全數送到診間，囑我轉交。前幾天，一位開糕餅店的女士，提及她滿懷愛心將快過期的麵包與蛋糕送到某機構，卻被放到發霉而丟棄，我於是建議不妨部分轉贈給課輔班；不久後，孩子們果然就有西點可享用了，可見寶島處處有溫情。

小學時我不學好，常蹺課，差點步上歧途；如今，有這些熱心人士補足學校與家庭教育的不足之處，默默為無親無故的國家幼苗付出，讓我不禁要為他們喝采。

手機成癮就像毒癮

台灣又創造了個世界第一，雅虎與市調機構調查全球消費者多媒體使用行為，台灣人「黏」手機掛網時間為世界之最。讀完報導，不知該喜或該悲？常跟朋友開玩笑，身為眼科醫師的我最欣賞賈伯斯，他不僅讓世人的通信與資料搜尋變為方便與快捷，更製造不少病人讓眼科醫師收入增加。原因無他，長時間近距離黏著手機嬌小的螢幕，導致青少年近視人口急遽上升；年紀稍長者，因藍光直射，眼睛痠痛、白內障與黃斑部病變的患者也與日俱增。

有人說：「手機將遠方的人拉近，卻將周遭的親朋好友推遠。」一點也不錯，門診常見青少年只顧滑手機，溝通不良，面對面問診時，不是答非所問，就是顧左右而言他，填寫病歷資料，有時也冒出一些火星文，讓人啼笑皆非。

我個人很反對手機，每次專心看診之際，病人手機鈴聲突然響起，都會讓我嚇一大跳。猶記第一天到醫院當實習醫師，院方發給每位醫師類似手機的BB. Call，佩戴的當下既新奇又驕傲，但一天後就恨不得丟掉它，主因是讓我不能專心，查房、吃飯、上廁所，甚至睡到一半都叫，不得片刻安寧，心神也為之不定。

最近不肖分子藉由手機詐騙方式層出不窮，防不勝防。精神醫學也有所謂手機成癮症候群，手機對患者而言，有如毒品一般，愈陷愈深。

如何在手機的優點與缺點之間取得平衡，考驗著文明社會的人們。

至於我，這生這世絕不辦手機。要聯絡用電話，查資料或電郵，則利用有空且寧靜的時刻，定下心，打開螢幕較大的桌上型電腦，三十分鐘後，必休息十分鐘，此刻雙眼凝視遠方白雲、綠樹或星空，讓調節焦距的睫狀肌完全放鬆。

大太陽下活動，必然戴上帽子及隔絕紫外線的墨鏡，隨時保護靈魂之窗，視覺舒適清晰後，辦事效率自然提升。

遇見一棵大樹的成長

他只是一個剛從高中畢業的小男孩，不像一般草莓族，整天泡網咖或逛夜店，反而具有剛毅的性格與一顆柔軟善良的心。

為了減輕家人負擔，成績不錯的他，放棄升大學的機會，申請提前入伍，一心只想早點投入職場，分擔家計。抽籤結果是人人稱羨的「爽缺」——空軍，為此他懊惱不已。我疑惑問原因，他說：「我一直希望進入海軍陸戰隊，藉助嚴格訓練，增進體能與耐力。」

當兵之前有三個月空檔，他不願浪費時間，跑去台北打工，行前問我有何建議？我提議：「既然你想從事餐館服務業，何不藉此機會，利用假日參訪台北各大餐館與飯店，讓自己先有個概念。」他果真如我所言，參觀比較了多家飯店，並詳細分析其優劣點，每星期用電子郵件向我回報。

三個月結束，老闆看他態度誠懇，工作認真，給了七萬五千元薪水，這是他這輩子得到最豐厚的報酬。欣喜若狂的他直奔我診間，遵照他之前許的願，捐獻每次所得十分之一做公益。討論之後，我們決定鼓勵鎮內優秀學童，只要考試一百分，就相對贈予一百元，激勵莘莘學子更上層樓。

自知學歷不足，他這次去台北買了本飯店常用英文會話，每天下午五點，他準時出現診間，只要我有空，他即央求我教他英文。為了回家能複習，他甚至全程錄下我的英文發音。每見老弱患者，他會貼心主動上前扶助，令我印象深刻。

他曾對我說：「一天中最快樂的時光，莫過於清晨和你一起打網球，累了即輕鬆散步公園中，一邊拿垃圾夾做環保，一邊交換各自生活體驗與生命認知。」別人都誤以為我們是父子，其實他小學時就成了孤兒，全賴姑媽拉拔長大。

他就像惡劣環境中長大的幼苗，不畏風雨，堅挺地迎向陽光。我樂於在旁適時灌溉施肥，堅信有一天，他必能長成大樹。

避免心靈海嘯

看完昨天「心靈海嘯！精神健康四年新低」的報導，真為寶島的同胞感到不安。

精神疾病的產生，內在與外在因素扮演同樣重要的角色。很多人有種迷思，總認為外在環境友善、政治穩定、經濟繁榮，人的精神自然不會有問題。

我認識一位紐西蘭精神科醫師，他就提及，紐西蘭好山好水風景秀麗，社會福利也做得不錯，失業有失業津貼，老了有退休養老金，但紐西蘭的自殺率卻高居世界前幾名，追根究柢，就是人的心理韌性不足。

如何增進心理的韌性？精神科醫師建議，應以「能睡、能動、能笑」為目標，說來簡單，做起來並不容易。依我之見，順序應反過來，先求能笑，再求能動，最後自然就能睡。

記得在醫學院時，有位女同學就曾說我「笑得最囂張」，我不以為意，反而有些得意。人生不如意十之八九，有機會笑，我必開懷大笑。笑的過程能按摩全身內臟，同時刺激體內分泌腦嗎啡，讓自己放鬆愉悅。

至於「能動」，有人說「要活就要動」，不限時間、地點，有機會我絕對動。早起固定到公園打兩個小時網球，有樓梯爬時絕對不坐電梯，睡前再陪妻子快走操場十圈，讓自己汗流浹背後沖個熱水澡，最後躺在床上，自然很快進入夢鄉。

有些病人戲稱我是最「黑」的醫師（還好是皮膚而不是心），我引以為傲，黑表示走出戶外，而大自然的陽光是遠離憂鬱不可或缺的一環。

每看到年輕人整日泡網咖、逛夜店，長期處在陰暗的角落，猛吹冷氣，不禁為他們的身心健康感到憂心。

期望台灣政經環境能儘快好轉之外，西藏諺語有云：「在自身之外找尋快樂，就像在面北的洞口等待陽光一樣。」避免心靈海嘯，唯有加強自身心理韌性，清心寡慾，就如同哈佛心理學博士塔爾所說：「要提升快樂程度，除了簡化生活，別無他法。」

向老前輩學習

老陳是我朋友，已過隨心所欲而不逾矩的年齡，患有帕金森氏病，典型撲克臉，手腳稍嫌僵硬，兒女皆在外，只有老妻相伴。清晨時分，他通常漫步公園八圈，之後到球場找我教他網球。看他不向疾病低頭的堅毅精神，我打從心底敬佩，後來我們成為無所不談的好友。

上星期老陳邀我到台南拜訪親友，我提議開車直接到左營，然後換搭高鐵，方便又快捷，沒想到他堅持從潮州坐區間車至高雄，然後換乘台鐵莒光號。問他原因，他僅淡淡地說：「我們有的是時間，學習慢活吧！」我不敢當面拒絕，但心中直嘀咕：「又不是沒錢，幹嘛要浪費寶貴時間。」沒想到這趟旅程徹底改變什麼都求快的我。

所謂區間車就是慢車，不分大小站一律都停，這才讓我頭一遭注意到台灣有那麼多名不見經傳的小地方。因為慢，所以我可以欣賞窗外稍縱即逝的田園美景與高樓大廈，寧靜與繁囂交錯。

窗內則另有一番洞天，有埋首苦讀的學生、哄騙哭鬧幼兒的母親、穿著時髦的辣妹、賣菜歸來的老翁、自顧滑手機的青少年，或坐或站，每個人的表情各有不同。

在一個小小車廂，即可窺見人生百態，想來只要自己靜下心用心觀察，各行業、各階層的喜怒哀樂故事盡收眼底。

昨天，老陳的太太得重感冒，咳嗽且高燒不退。老陳起床時，看她虛弱躺在床上，不敢驚擾。運動後，他貼心買了薑母茶與西點，打算給習慣早起做早餐的老伴一個驚喜。沒想到一進家門，只見桌上除了早餐外，還有一碗剛熬的薑母茶，旁邊放了張紙條：「老伴，我先去看醫生，外面天氣冷，薑母茶趁熱喝，以免著涼。」老陳跟我轉述後，雙眼泛紅，直說他很幸福。

有人說：「幸福是一種感覺，是一種生活態度，不須刻意追求，只要用心體會。」感謝老陳教我如何從慢活中找到幸福。

愛的延續

將愛心米置於診間送給需要的人，屈指算來已十餘年。期間發生的故事，每每令我感動不已。

上個星期，有位中年婦女看完診，從健保卡得知屬「福保」，正想贈她一包米，她反而笑問：「莊醫師，還認得我嗎？」我左看右看，想了老半天，就是理不出任何頭緒。

「您曾救過我！」看到我茫然的表情，她才徐徐解釋：「七、八年前，您送過我一包米。那時候我先生癌末，婆婆中風臥床，兩個小孩又嗷嗷待哺，一家人窮困潦倒，我一支蠟燭兩頭燒，曾起了輕生的念頭。那包米如即時雨，除了暫時解決燃眉之急，也即時提醒我，人間處處有溫情，讓我鼓起勇氣撐起這個家庭。之後經過社會局的輔助與不少貴人從旁鼓勵，我開了一間小麵攤，重新站了起來。先生、婆婆雖相繼過世，但兩個小孩很孝順，放學後與例假日都會主動來店裡幫忙。如今生活很安定，不再需要米了，千言萬語也道不盡我的感激之情。」

「恭喜！真的天無絕人之路。其實你該感謝的是那些默默捐贈的善心人士，我只是提供一個平台而已。」這時我才隱約憶起，那個寒冬裡她的落寞與無助。

「現在一包米多少錢？」

「一包五公斤，兩百元。」

她右手伸進沾滿油漬的工作服大口袋，拿出所有的百元紙鈔，顯然是一整天辛勞所得，算了算共二十張，恭敬地用雙手捧到我面前。「可不可以麻煩你替我買十包米，分送給像我一樣陷入困境的人？」

「滴水之恩，湧泉相報」的誠懇態度，讓我難以拒絕。「如此一來，可以再救十個人。」我戲謔地提高了嗓音。

「對，希望如此！」醫病二人四目相視，開懷大笑。白色診間的冷漠嚴肅，瞬間消失無蹤，代之而起的是一絲絲暖意。

一包米不僅僅是一包米，它承載著眾人的溫暖與關懷，有如一盞燭光，照亮寒冬的夜晚。

難得孝行

老梁與我皆已過耳順之年，認識不到一年，卻有如親兄弟般，無所不談，我尊稱他為「福兄」，他叫我「寶弟」。

福兄每天清晨起床，第一件事就是親吻雙親臉頰。有回，父親在門前打掃，一位陌生男子突然走近，一開口就訴苦：「老伯，不好意思，我今天出差，皮夾不慎遺失，所以，沒錢吃午餐也沒有返家車費，求您借我五百元，改天我一定加倍奉還。」

仁慈的父親信以為真，以關心的口吻回應：「五百元那怎麼夠？我身上剛好有張千元大鈔，你拿去湊合著用，不用急，他日有機會經過屏東，再還我也不遲。」那男子接過錢，頭也不回，一溜煙不見蹤影。

經過半年，福父在餐桌上不經意提起此事，懊惱又惋惜：「那位年輕人，記憶力差了點，至今仍忘了還我錢。」福兄聽完，隔天起個大早，在父親必整理的花園裡偷偷放了兩千元，不出所料，當天福父逢人就誇耀：「我眼光果真不錯，那位年輕人今早一定來過，可能有急事沒能碰到我，所以在花圃角落放了兩千元，加倍還我錢，果真有信用！」福兄不露聲色，順勢在旁稱讚已八十餘歲的老爸具悲天憫人之心，父子相視而笑。

對於母親，福兄更為用心，每天早上必陪母親至公園打太極拳，買了輛高級進口轎車，一有空就載著父母四處遊山玩水，吃遍各地山珍海味。

老母晚年不幸罹病，身體虛弱，不良於行，他不假外勞之手，親自陪母親四處就醫，為她擦身洗澡，並每晚伴睡母親身旁，一有狀況，隨時服侍，不敢怠慢。最後，甚至買了條背巾，外出時，將老母緊抱胸前呵護，一如他小時被母親關愛在懷中一般，母子連心，情深似海，直到往生。

「三人行必有我師焉」，我把朋友都當成書，從中學習，福兄就如一本富含人生哲理的精裝書，尤其孝順這章節，值得我細細品味，一看再看。

移民這條路的背後

最近參加一位老友的葬禮，他早期移民美國，太太是標準的「內在美」，全心在美照顧孩子，他則留在台灣拚事業。前陣子因急症被送入加護病房，在台好友輪番照顧外，並急電在美家人返台。沒想到經過無數次催促，只有一位女兒心不甘情不願地飛回台灣，那時其父早就過世了。她簡單處理後事，匆忙變賣家產後，隨即返美。

告別式聽聞此事，我心中不勝唏噓，當下決定將白包以好友名義轉贈慈善團體，不願落入這些不孝子手中。

反觀另一位前輩醫師，早年也移民美國，但他晚年積勞成疾，不幸中風。四位子女緊急開會後，決定輪流返台照顧癱瘓在床的老父，完全不假外傭之手，每人輪值一個月。從美東飛回南台灣，不管路途遙遠，機票昂貴，他們都能暫時放下學業、事業與家庭，趕回台灣盡孝道，分攤老母照顧之責，在地方上傳為佳話。

或許我舉出的兩個移民家庭，是個極端例子，但靜下心來觀察光鮮移民之路的背後，存在不少艱辛之處。家庭成員被迫分隔兩地，教育、文化背景不同，再加上種族歧視等問題，都造成夫妻與兒女之間不少壓力。

十餘年前，我也曾舉家移民紐西蘭，直到女兒上了研究所，能獨立後，妻和我才較為安心返台，落葉歸根。剛開始每當夜深人靜之際，總念起遠方的女兒，打電話希望她回來，所得的回應都是：「我小學就如浮萍般離開台灣，已習慣紐澳的環境與氣候，台灣天氣悶熱又沒知心朋友，只能整天待在冷氣房看書、玩電腦，無聊透頂！」聽完，妻和我涼了半截。

還好經過多年持續的溝通、親情的呼喚，女兒終於在今年夏天學成後願意歸國。至機場迎接久違的女兒，緊緊擁抱她的剎那，我心中澎湃，百感交集。

不少人問我這過來人，移民之路是好？是壞？我的回答永遠是：「如人飲水，冷暖自知。」

分享

我的診間隨時都有食物可供分享，有些是熱心病人送的當季水果，部分是朋友贈送的禮品，其他才是我向弱勢朋友買的各樣零嘴。小朋友來看診，送他甜點；外勞推著阿公、阿婆的輪椅進來，送她一些水果；低收入戶的病人，送他一包米。看他們由驚訝轉為嘴角上揚，我比他們更高興，也應驗了達賴喇嘛所云：「真正的喜悅，來自別人因你而快樂。」

昨天，好友的孫女小惠敲門進來，她僅幼兒園中班，活潑可愛，我馬上從抽屜拿出巧克力請她，沒想到年輕媽媽在旁立刻制止：「她現在感冒，不能吃燥熱的食物。」一看她已伸出的小手，不情願地收回去，我也一臉尷尬。

今晨，小惠又再次進我診間，我以為她要看病，沒想到她雙手捧著一小包餅乾主動請我，歡欣接受之際，旁邊陪著的外婆接著說：「昨天女兒拒絕你的餽贈，在我看來，頗為失禮。縱然自己不適合吃，也應歡喜接受，然後轉贈他人，不能將別人的好意拒於千里之外，況且又是如知己般的好友。所以今天我特地帶她來賠個不是，並藉機教育她不能一味只是接受，也該適時分享。」一聽完，我順勢取出昨日送不出去的巧克力，只見小惠一口塞進嘴裡，滿心喜悅地說謝謝。

這使我聯想起陳老師的兒子小時候上幼兒園時，老師每天都會分送每人兩塊好吃的餅乾，他只吃一塊，另一塊一定拿回家分享給更小的妹妹。這種兄妹情深的特質，陳老師不只看在眼裡，更再三鼓勵，於是其子日後更樂於分享與服務人群，從高中的行義童子軍持續做到大學的羅浮童子軍，甚至代表台灣參加世界童子軍大會為國爭光，如今已是位人人稱讚又孝順的好醫師。

分享是種利他行為，不限於物質。一句好話，鼓舞別人；一則笑話，讓人開懷；一個擁抱，使人溫暖，皆是分享。它有如橋梁一般，讓人際關係更為和諧美好。

一個人去義診

去年，一位七十餘歲的老伯，被攙扶進診間，用手蓋著右眼，狀極痛苦，詢問帶他來的女士，始知昨天被樹上掉下來的芒果傷及眼睛，他老人家獨居山上，以為休息一晚即可康復，沒想到症狀加劇，還好賣早點的老闆看他連續兩天沒出現，抽空到家探訪，始見他呻吟在床，才匆忙載他下山看病。裂隙燈下檢查，發現角膜受損、前房出血、眼壓上升，還好及時處理，否則有失明之虞。

兩個月前，診所遷移，合作的楊醫師買了最先進的儀器，舊的裂隙燈、驗光機不知如何處理，一位原住民何姓好友是位縣議員，聯絡後，主動用小貨車載到泰武山上的服務處置放，希望星期假日以廣播和網路召集村民看診。因緣既然發生，上山義診的念頭油然而起。

上星期天，開了四十分鐘的車程，到達義診所在的山麓，從十點看到正午，診治約二十餘位老人家，這才驚覺山上鮮少年輕人與小孩。過程中發現排灣族語言沒有「視力模糊」相關字眼，他們用「眼睛好像太陽下山，暗了下來」形容，顯然古代祖先習慣在山林中生活，所見都翠綠，視野皆遼闊有關。

所有患者，或多或少都罹患白內障，究其原因不外乎年紀老化，長期烈日下工作沒做好防晒、或亂吃成藥傷及水晶體。離別時，不少老人緊握我手，希望能再抽空上山，看著他們企盼的眼神，我找不出理由拒絕。

現今白內障手術，簡單又快速，不用刀片也無需縫合，在顯微鏡下施行晶體乳化術，同時植入人工水晶體，過程約十五分鐘，術後一週即可重見光明，但對山上的原住民，不會開車、又沒子女陪伴，開刀之路，有高山峻嶺隔絕，何其遙遠！

這次一個人義診，沒帶任何藥水，也沒任何處置，有的只是衛教，其實幫助不大，但「愛」與「關懷」這兩帖藥，希望如穿越林間和煦陽光，讓偏遠被遺忘的山上老人感受到一絲溫暖。

誠實的醫師　善解的病人

好友林兄，七十餘歲，前年因頻尿、灼熱感到附近各診所就醫，千篇一律診斷為尿道炎，給予抗生素治療，時好時壞，困擾不已。最後輾轉到某教學醫院，經過兩個星期，症狀未見改善，做膀胱鏡檢查，赫然發現膀胱內布滿腫瘤，經病理切片證實為膀胱癌併局部轉移，林兄只能默默接受四個多月的誤診。

泌尿科主任緊急安排手術，歷經十小時始完成，之後並配合化療。怎知術後腹痛加劇，通知值班住院醫師，沒詳查，僅給予一般鎮痛劑，不但枉然，反而惡化，整個腹部如刀割一般，哀號不斷，生不如死。隔天清晨，主任查房驚覺不對，火速推進開刀房，從白天開到午夜，始送進加護病房。

術後，主刀醫師坦承因住院醫師最後縫合腸道傷口時疏忽，消化道出現裂口，導致腹膜炎，煎熬等待的家屬聽完，火冒三丈。隔天主任帶上刀的總醫師與住院醫師查房，在病床邊誠實詳細說明病情，並彎腰九十度向林兄鞠躬，深致歉意，其子氣憤難消，怒吼堅持提告，「醫師自己都坦承疏失，這場官司一定會贏！」但林兄適時勸阻，「對醫師要尊重，講話不要太大聲，醫師們為了我，沒吃沒睡，已盡心盡力，他們不是神，也可能犯錯，只希望這次的疏忽，不要再發生於下一個病人。」林兄忍著傷口的痛楚，擠出一絲笑容，寬容的語氣撫慰了忐忑的醫師，醫病因而握手言和。

之後的查房換藥，主任親力為之，甚至星期日上教堂做完禮拜，也會驅車趕回醫院，探視林兄，閒話家常，每次都不忘為林兄禱告，讓他由衷感動。

如今林兄恢復健康，開朗的個性常見他笑口常開，每次回診，皆不忘帶自家水果與蔬菜贈送主任，主任也視他為「模範」病人，每有病友會，必邀他一起參加，藉此鼓舞其他患者不要輕言放棄。醫病關係由緊張至和諧，醫師與病人進展為好友，誠實與善解導致雙贏，值得學習。

奇妙的旅行

兩個女兒體貼又孝順，常問：「爸，您整天辛苦工作，幾乎沒什麼休息，再不放假，我倆嫁人後就沒時間陪您了！」在半「脅迫」下，我應允一同去日本度個十來天的假期。

長女從小在紐澳求學，右駕難不倒她，次女日語聽、讀、寫一級棒，所以日本行不需旅行社代勞，她倆上網即可輕鬆搞定。女兒知道我常往戶外跑，喜歡泡溫泉，於是特別安排前往日本鄉間一個叫小松的地方。

假期前段住海邊漁師開的民宿，破曉時分將窗簾拉開，映入眼簾的是一望無際的藍藍海景，朝陽從海平面升起，金色日光四射，煞是美麗壯觀；之後到岸邊吹海風，晚上則享用漁師親自料理的各類海鮮。

後段安排山間溫泉度假村，我們包下整棟兩層樓別墅，除了可二十四小時泡湯外，還有廚房與整桶生啤酒無限暢飲。清晨可在薄霧環繞、蟲鳴鳥叫的森林散步，清新的芬多精讓人通體舒暢；下午租車到附近景點觀光並享受當地美食；晚上則至超商採買，然後一家四口分工合作，將新鮮食材化作一盤盤色香味俱全的料理，配上悠揚音樂與美酒，團圓在異國，閒話家常，好個天倫之樂。

有一天，妻與女兒至藍莓觀光果園採果，我則漫步於鄉野。偶遇一中年男子正在整理花圃，我主動打招呼，他也以和善笑臉回應，深入交談後，始知是位退休律師，以前在跨國企業服務，所以英文頗為流暢。「為什麼來這麼偏遠的鄉下觀光？」他好奇問道。「喔！適逢我女兒生日，所以……」不等我說完，他隨即轉身回屋，正納悶之際，男子拿了瓶紅酒送我，並祝女兒生日快樂。素昧平生，他就如此多禮，當下讓我受寵若驚，感動不已。

至今難忘這趟日本自助行，那段自在輕鬆的愉悅生活，常在夢中重現。聖奧古斯丁曾說：「世界是一本書，不旅行的人只讀了一頁。」感謝妻子的陪伴與女兒的安排，這趟旅行讓我多讀了好幾頁的書。

網球場記事

屈指算來，我打網球已逾二十年，從懵懂菜鳥到現在能教新手打球，不知受到多少前輩的指導，銘感在心。為了回饋，我主動和上了年紀或久病纏身的球友打球，其中三位的表現讓我印象深刻。

首先是七十五歲的陳姓退休老師，外表看來溫文儒雅，一旦上了球場，卻有如脫韁野馬，底線抽球、網前截擊皆難不倒他。細雨霏霏，紅土球場處處積水，他還邀我到水泥地的網球場打球，雨勢大時，他還能左手撐傘，右手持拍和我對抽；路過的行人都戲稱我倆為「瘋子」，他不以為意，反而引以為傲。

美國福特汽車創立者亨利·福特曾言：「當你停止學習時，就是老化的開始。」陳老師永遠在嘗試，時常在摸索，他體內藏著一個淘氣小孩的心靈，所以不知老之將至。

第二位是五十餘歲的謝先生，他年輕時嗜食檳榔，十年前罹患口腔癌，經歷七次大小手術，臉部全然變形，氣切傷口因癌細胞侵蝕而不易癒合，不能自行進食，只能整天插著鼻胃管。絕大多數的人會因此自卑而坐困家中，他則樂觀以對，身體感覺尚可時，必定帶著球拍騎鐵馬到球場，跟他打球不覺得他是病人，每一次揮拍都孔武有力，我常被操到氣喘吁吁，他向病魔挑戰，不服輸的精神與毅力，讓我由衷敬佩。

第三位是最近認識的簡先生，個子瘦小、皺紋滿面又一頭白髮，老態龍鍾，直覺他不堪一擊，沒想到他一上場可是生龍活虎，除了移位稍嫌緩慢，底線抽球強而有力，讓我有些招架不住，問他貴庚？「十歲！」看我一臉疑惑，他才笑言：「人生七十才開始嘛！」「要活就要動」是他教我的養生之道。

生老病死為人生必經途徑，生與死不能預測也不可掌控，但老與病卻是我們必然會面對的課題，很感謝三位前輩的示範，從中我學到他們把握當下的態度——面對老時，心要如頑童卻不失尊嚴；面對病時，心要如靜水，且無憂無懼。

認識梅姨已五年多，她七十餘歲，來診所不像一般病人愁容滿面，總是笑臉迎人，而且時常載村裡其他老人來看診。

有次利用空檔，我和她聊了起來。

「好像沒什麼能讓妳煩惱？」

「醫師，你只看到表面。其實我先生早逝，留下兩個嗷嗷待哺的小孩，為了撐起這個家，年輕時，我大清早三、四點就得到市場批菜，然後踩三輪車沿街叫賣。當天賣不完的剩菜，我還得抽空送給需要的人，之後再趕回家照顧孩子。日子雖辛苦，心中卻非常踏實，熬過人生低潮，自然比較看得開。」

「那妳怎麼能常常面帶笑容？」我好奇地問。

「孩子如今都已成家立業，住在外地，但我看村裡有兩戶人家實在很可憐，先生過世，只剩女人照顧小孩，就像當年的我。所以我會買些肉，煮肉燥飯，或是買些魚，煮魚湯和她們分享，看她們高興，我自然也快樂！」

「從今以後，我出錢，妳出力，一起幫他們好嗎？」

聽我要求，她猶豫了一下，然後認真地在我耳邊低語：「我們默默做，不要張揚。我的孫子前年因為成績優異，獲得獎學金出國深造，最近又得到外商公司的青睞，當了主管。我堅信，這是長期積累陰德的善報。」

之後的五年間，梅姨每星期都來診所拿兩包米，分送給當地需要的家庭；也會配合節慶，端午節包粽子、中秋節買月餅、冬至則煮湯圓，讓一些弱勢的家庭能有溫暖的感覺。去年，梅姨的兒子心疼母親身體日漸衰弱，不良於行，勸她不要再多管「他人瓦上霜」，但梅姨仍執意暗地裡做。

日前，村裡的人來看診，說梅姨上星期過世了，親朋好友與曾接受她接濟的人皆感傷不已，甚至連她照顧過的流浪狗，也通人性般終日低嚎。剎那間，我的腦中浮現出她慈祥的面容，淚珠兒不聽使喚地流了下來。

梅姨有如寒夜中的一盞燭光，雖不像煙火般璀璨亮麗，但卻持續發光發熱，溫暖了人心。我相信，她會永遠活在村民的心中。

逃學小孩變醫生

每次在不同場合聊到童年生活，大夥兒都睜大眼睛，不敢相信我曾是讓父母及師長頭疼的逃學生。但願這段經歷的分享，能讓學習偏差的孩子與不知所措的父母，燃起一絲希望。

我是初中最後一屆的學生，這年次的小孩最辛苦，從小學一直要「烤」到大學。小一至小三，我就讀台北郊區國小，因鄉下班級人數少，輕鬆讀也能維持前三名。後來為了報考北市的初中，父母特地將我轉學到當時世界最大、學生最多、老師嚴厲著稱的老松國小，我這才了解「人外有人，天外有天」。

轉學後，我這個井底之蛙的成績驟降至後段，而且每次考試，導師皆要求九十分以上，差一分打一下。經過精神與肉體煎熬後，我決定逃學。逃學的日子既緊張又有趣，我每天先跑到住家附近的墓園，脫下制服換成便服，然後把書包藏在草叢隱密處，開始逃學生活。第一站先躲到圍棋社，棋社內退休老人看到我年紀輕輕卻精於棋藝，皆感到好奇，搶著跟我下，這樣棋社費用及中午便當錢自然省了下來。午後時光則拉著大人衣角，扮成他人小孩，溜進戲院看霸王戲，要不然就獨自跑到溪邊玩水、捉蝦、摸魚，日子過得滿愜意。

好景不常，小六時因導師家庭訪問而露了餡，被當警官的父親狠狠修理一頓。還好當時的導師為了鼓勵我向學，在我乖乖回校上課的第一天，拍胸脯保證：「從今而後，只要你不蹺課，以前的爛成績一筆勾銷，老師就以你畢業考的結果當成全年總成績。」受到「既往不咎」的鼓舞，我拚了命照表操課，認真聽講；放學後，當時開藥局的母親，在忙碌之餘，每晚還陪我並輔導我的家庭作業。終於皇天不負苦心人，我拿到當年的家長會長獎，也順利考上初中，此後一帆風順，最後如願上了醫學院。

很多人問我從「歧途」步入「正軌」的緣由，我都歸功於嚴父適時地「棒喝」；慈母循循地「善誘」，以及老師不懈地「督促」。

我所認識的星雲大師

第一次和佛光山結緣是在宜蘭，那時我是醫官，服務於軍方的蘭陽醫院，每有放假，就隨當地佛教朋友參加念佛會，並輔導當地小孩課業。四十幾年前的宜蘭很偏遠，沒有雪山隧道，得搭公路局，經過九彎十八拐的北宜公路始能辛苦到達，所以對當時尚年輕就選擇窮鄉僻壤弘法，並幫忙當地弱勢兒童的星雲大師，我心萌敬意。

第二次是在移民紐西蘭期間，當時心定和尚代表佛光山至奧克蘭演講，本以為宗教內容必定單調乏味，不想參加；但朋友熱情邀約，難以婉拒，沒想到星雲大師的得意弟子將佛法生活化，以淺顯的話語闡釋佛教，加上適時穿插幽默生活小故事，讓我全場目不轉睛，洗耳恭聽，法喜充滿。

最近的一次，是位法師來診所看眼疾，順便聊到佛光山不僅有佛光診所，還會不定期舉辦雲水義診，幫助偏鄉低收入戶，老人與學生免費健檢眼睛並配眼鏡。

之後，佛光診所的三位法師，還親自從高雄開車到潮州，誠摯邀我參加六月即將來臨的梨山義診，感動之餘，我欣然答應。參與多次免費醫療，我還不知道佛光山義診活動，可見星雲大師的低調。

樞機主教單國璽在世時，我因為隱修院修女義診而認識，他是我的心靈導師，每逢疑難，我常直接打電話請益，他都不厭其煩聆聽並指點迷津，勉勵我要活出愛。閒聊時，他曾提及星雲大師與他有如兄弟般，雖然宗教立場不同，但互相尊重，天主的愛與佛陀的慈悲殊途同歸，不謀而合。新年時，單樞機會讓身邊的修士與修女返家過節，為其料理的廚師也不例外，星雲大師不忍單樞機一個人待在家，常約他上佛光山一起圍爐，由此可知大師的體貼。

我雖無緣親見星雲大師，但大師所提倡的「三好」、「四給」，早已是我行事的座右銘，讀其文章與著作，皆以簡單白話闡明佛教一些艱深的經文與禪意，讓人一看就懂，進而親近佛法，自然達到人間佛教的目的，令人欽佩。

老花的出現

傍晚返家，妻正專心裁縫運動帽的鬆緊帶，一看到我，馬上雙手一攤，直嘆：「老公，麻煩將這細線穿過針孔，我已試了好久，徒勞無功，雙眼又痠又累，唉！真的老了。」

我接手試了又試，好不容易才大功告成，這才驚覺自己早已頭髮蒼白，眼睛老花，歲月實在不饒人。

我是位眼科醫師，門診常遇到年過四十的病人，主訴看書或上網太久會眼睛乾澀，眼眶痠痛，視力變模糊。檢查後告知老花眼時，患者的表情常呈懷疑與驚恐，隨即問：「醫師，點什麼藥水或吃何種藥物才能避免老花？」我都笑答：「很簡單，只要不老就成了。」

老花其實是眼內睫狀肌因退化，再加上長期收縮導致疲乏，使得近物影像不能聚焦於視網膜，這是自然老化現象，就如四季更迭，不必過度反應。

我常深思老天讓人們得老花的意義，結論是：「提醒年過四十者，不要時常關注銀行存摺數目的變動，或斤斤計較周邊發生的瑣事，而應將眼光放遠，心胸放寬！我們坐上單程的人生列車，是思考該放下什麼，又將帶什麼下車的時候。」

現在的我，已近耳順之年，回首老花初期，正是我開業最忙的時候，那時妻遠居紐西蘭照顧女兒，母親與我同住。為了不浪費任何時光，我清晨早起打球、釣魚，之後門診開刀，晚上又藉視訊關心國外的妻女，所以母親精心準備的三餐，我大都狼吞虎嚥，食不知味。

有一回母親想跟我聊家常，剛開口就被我打斷：「我很忙，很多病人在等，有空再談。」回絕後，只見她臉一沉，不說一語，無奈地起身離去。至今我仍清晰記得那頹喪孤寂的背影，為人子只想到自己，竟忘了母子親情，如今子欲養而親不待，憶起此景，仍愧疚不已。

哲人曾說：「人生像是一輛十段變速腳踏車，大多數人都有沒用到的排檔。」年輕時，為了拚學業、衝事業，踩著高速檔奮勇前進，老花的出現，適時提醒我們要轉換成低速檔，以慢活享受美好的每一天。

叁——翻轉生命

診間的爭執

年約七十的阿摘，一跛一跛吃力地步入診間，我吩咐跟診護士扶她一把時，她馬上回絕：「謝謝您的好意，我走得慢一點而已，還算穩。護士很忙，不要麻煩。」

坐上診療台，發現她戴的眼鏡歪斜一邊，右眼的鏡片裂了，左眼的也有明顯刮痕。不待我開口詢問，她低下頭說：「昨晚因光線昏暗，站不穩跌坐在椅子上，那麼湊巧，眼鏡就放在上面，要麻煩你幫我修理。」

「這副眼鏡已是古董級了，我幫妳配一副全新的。」

「會不會很貴？」

「我會打折，不用擔心。」

驗完光，我選了一副高雅的金框鏡架，阿摘試戴時露出滿意的笑容，但隨後臉又沉了下去：「這不便宜吧？」

「不會啦！配上多層膜安全鏡片，只要一千二。」我一派輕鬆，她卻馬上拒絕：「不行！那比市價便宜太多，你會賠錢。」

「妳平常都主動幫我送愛心米給低收入戶，逢年過節又會煮些應景好菜招待萬隆村的獨居老人。妳雖然手腳不便，但心地卻比別人更善良，好心有好報，所以妳不要跟我客氣。」我儘量找些理由，想讓她感到心安。

「不行！前幾年出車禍，大難不死，現在還有能力付出，是要回饋老天的厚愛。讓你破費，我絕不接受！」推拉之際，候診區突然冒出：「莊醫師，那一千二我替她出！」

循著聲音，我看到了一位熟悉的面孔，是前一陣子才因手被熱油灼傷、被迫辭職的安養院廚師。她自己的經濟狀況也不好，卻願意對更艱苦的人伸出援手，當下讓我感動不已。

之後的場景可想而知，又是三方爭執拉扯，最後協議的結果是：我出六百，手受傷的女士出六百，阿摘做一些便當分送給孤苦無依的老人。

諾貝爾和平獎得主德蕾莎修女曾言：「愛的相反詞不是恨，而是漠不關心。」更有人說：「美，無所不在，不需遠求，只要用眼觀察、用心體會，就可發現。」

我只花了六百元，就在單調又帶點肅穆的診間，看到如初春朝陽般美麗又溫煦的風景，何其有幸！

妻子的智慧

回想二十五年前，我開業初期，為了節省人事開銷，妻充當掛號小姐兼開刀房護士。

有一回，她當我的第一助手，開一台白內障的刀。當時白內障手術稱為囊外晶體摘除術，不像現今的晶體乳化術那麼簡單迅速，過程中要先將角膜劃開，取出渾濁的水晶體，再用細如游絲的線在顯微鏡下小心地縫合，稍有不慎，患者術後視力會受到嚴重影響，甚至失明。

手術進行一半時，「手不要亂晃！」我大聲斥責，面帶不悅。「我儘量。」妻小聲回答。沒想到大約十分鐘後，妻的手又動得比上次更明顯，這時我按捺不住不滿的情緒：「叫你不要動，你偏要動！這一動，我顯微鏡下的視野有如大地震一般，差點劃破病人的角膜，你懂嗎？」

「不好意思。」妻帶著歉意，臉暗了下來。

隔天在餐桌上，妻主動提及此事：「昨天在開刀房讓你動怒，差點殃及病人，實在不好意思。」

「不要說了，以後不要再犯就好！」我試著緩和緊張的關係。「但那絕不是我的疏忽。」妻仍辯解。

「要不然還能怪誰？」我質問。

「要怪只能怪『我倆』肚中的孩子，她平常乖乖的，怎知一上手術台，就興奮地手舞足蹈，拳打腳踢，害我的心靜不下來，手也難以固定。」妻委婉道來。

「喔！那你當下講出來，不就得了。」

「那時你處於盛怒之中，在患者面前，你一句，我一句，怎麼好？所以我吞忍下來，直到心平氣和的今天，我才跟你解釋，如此溝通才有建設性，不是嗎？」看著妻隆起的肚子，想到她為了家庭忙進忙出，我為之語塞。

依據神經醫學的理論，任何訊息進入大腦後，分兩個路徑進行：一個是快速直接的情緒反應，另一個是較慢的理性反應，兩者速度差約兩秒至五秒。檢討這件事情，我顯然走的是情緒，而妻選擇理性。從此以後的任何爭執，我儘量遵行「退一步，海闊天空」的道理，讓時間將浮躁的心情自然沉澱，然後訴諸於理，家務事幾乎都可迎刃而解。

帶孫是短期打工

老王與老黃是我多年好友，也是前輩，有許多經驗值得學習，包括如何做個好祖父。

先說老王，他與太太皆是退休老師，平常夫婦倆經常到國內外旅遊，尋幽覽勝，生活安排得充實又愜意。他倆只有一個女兒，出嫁後生了個小孫女，白嫩可愛，央求父母代為照顧，初次升級為祖父母，興高采烈，不加思索，立刻答應。

剛開始還好，新鮮感十足，久而久之，已過耳順之年的老王夫妻不堪深夜孫女的哭鬧折騰，逐漸露出疲態，甚至累出病來。溫文內斂的老王想把照顧的責任還給女兒女婿，面對女兒卻又說不出口，而女兒女婿也無法體會父母的苦楚，還認為帶孫讓兩老在退休後有事可忙不致無聊，可是功德一件，讓他十分無奈。

最近，我看到老王總是眉頭深鎖，鬱鬱寡歡，閒聊之後，我強烈建議他學學老黃的「成公」之道。

老黃學歷不高，年輕時做黑手，白手起家，在鎮上開了間頗具規模的修車廠。後來，投資股市，沒想到一夕之間，因股市暴跌而歸零，在此大風大浪中，他看盡人情世故。

個性耿直開朗的他有三個女兒，出嫁前，他便直接坦誠跟女兒說：「爸媽年事已高，畢生時光與精力都耗費在拉拔妳們長大，如今該是我倆退休、安養餘年的時候，所以，妳們的孩子要自己帶，也才能體會養兒育女是多麼不容易的一件事，日後親子關係才能緊密穩固。不過，當妳們覺得疲累想休息，或想和丈夫度個假時，歡迎將孫兒帶回娘家，我們這個做外公外婆的會張開雙臂，樂當臨時的奶爸奶媽，不過請切記！我倆只是短期打工喔！」

所以，女兒們都會提前在月曆上註明「托嬰時間」，這時，老黃還會在旁邊不時提醒：「拜託，請手下留情，時間不要太長，早去早回。」女兒女婿出遊回來，也會貼心帶回兩老喜歡的伴手禮，孝敬他倆，讓老黃夫婦備感窩心。

其實，家家有本難念的經，如何在體力負荷及維護親情的情況下，快樂地含飴弄孫絕對是門學問呢！

在紐西蘭的日子

很多人都問我為什麼移民紐西蘭？我一時也說不出個所以然，只知道當時奶粉廣告皆強調來自好山好水純淨的紐西蘭，再加上不願兩個女兒承受太大的升學壓力，所以選擇了紐國。

到紐西蘭報到的第一天，全家暫住在一家汽車旅館。女兒頭一遭出國，就像飛出籠子的小鳥，看到異國不一樣風情，好奇又興奮，姊妹倆又叫又跳，整晚幾乎沒睡。隔天旅館主人遭鄰居投訴：「緊鄰我家的那房間，昨晚收音機好像忘了關，麻煩交代客人務必注意。」聽了不覺莞爾。

移民初期，教育是一大問題，當時我只期望兩個女兒語言儘快趕上，學業成績倒不太在意。沒想到老大上課沒幾天就拿回一張獎狀，問她原因，一臉茫然的她說：「朝會時，校長說了一大堆雞同鴨講的話，我有聽沒有懂，突然我的名字被提及，旁邊同學催我上台，校長就頒了這張獎狀給我。您翻成中文讓我了解，好嗎？」

看完獎狀內容，我差點噴飯，上面寫著：「某某小朋友，上課鐘聲響起，妳都率先進入教室上課，此種不貪玩的好學精神，值得嘉許。」可見當地教育多麼重視適時的鼓勵。

紐國生活步調緩慢且輕鬆，早上和朋友相約，日出之際即開始打高爾夫球，球伴剛好是四位不同科別的醫師，一路打來有說有笑。沿途還可採集松樹下剛冒出的野菇，回家後直接放進麵裡，和太太一起享用兩人世界情人般的早餐。下午則邀朋友釣魚，當晚就由我料理，一家四口在異國的冬夜團圓，邊吃邊聊，窗外雖寒風冷冽，窗內卻溫馨無比。

移民生活不全然充滿歡樂，最難熬的就是離別時分。每回搭機返台，妻和兩女親自送行，看她們依依不捨淚灑機場的畫面，心中不由得酸了起來。

時光飛逝，如今長女負笈澳洲攻讀碩士，次女返回台北，在牙科實習，此刻才深深體會俗語：「孩子是看著父母的背影長大，父母則是看著孩子的背影離開。」

女兒國外打工記

十餘年前移民紐西蘭期間，女兒從當地高中畢業，趁著上大學前的空檔，想外出打工，聽她這麼一說，妻與我舉雙手贊成。

女兒從小到大，成長於優渥的溫室中，偶爾接受外面的風吹雨打，應可增進堅毅力並強化抗壓性。

剛開始，妻陪她看報紙找工作機會，試過數家公司皆無功而返，未獲錄用的原因不外乎沒經驗、年紀太輕，正想放棄之際，我想到韓裔的老金，他與我常一起打高爾夫球，兩人無所不談，成了好友。曾是漢城一家銀行副總經理的老金，退休後攜家帶眷移民紐國，為了興趣，他到一家餐廳任職，邊工作邊遊山玩水，日子過得很愜意。我暗自認為以他高階主管履歷，在當地餐廳謀個經理職位應不成問題。為了女兒求職四處碰壁，我開口向他求援，他一口答應，讓我吃了定心丸。

隔天我陪女兒到餐廳面試，接待小姐問明來意後，直接帶到廚房。我正狐疑時，只見老金穿著廚師服，邊擦汗邊招呼，我心涼了半截，「原來他不是經理，只是個基層員工，這下女兒打工機會更加渺茫了！」帶著笑臉，老金陪女兒到經理室後，馬上又回去工作。五分鐘後女兒出來，我急切問結果，她難掩失望，淡淡地說：「還是老樣子，等候通知。」

一星期後仍了無音訊，我自知不妙，但仍禮貌地打電話給老金，感謝他鼎力相助。沒想到電話那頭傳來熱誠的聲音：「好友，您給我十分鐘，我親自和經理談談。」果真沒多久，經理直接打電話過來：「莊先生，令嬡我本已放棄，但經金廚師力薦，我相信她會像金先生一樣，放下身段，工作熱忱，待人和氣，公司就需要這種人才，如不介意，明天就來上班。」

上工後女兒也不負眾望，雖然只是個服務生，但同事有難，她義不容辭代班；餐廳忙時，她主動加班，隨時親切招呼客人，深得主管歡心。

之後女兒上了大學，不論寒暑假打工或研究所畢業求職；皆一帆風順，因為每次央求餐廳經理寫介紹信，內容都洋洋灑灑，語多褒獎。

一樣收成　兩樣心情

現在是屏東毛豆收成的季節，這麼巧，一天之內，就有兩位同樣栽種毛豆的農夫，告訴我截然不同的故事。

第一位農夫較年輕，約莫三十多歲，兩個月前向台糖租了十甲地，全部都種短期作物毛豆。我問他：「一個人怎麼照顧那麼寬廣的農地？」

他用企業管理的思惟回答：「那還不簡單，找五、六個親朋好友，匯集一百萬左右資金，就可租用大型農機整地、栽種、施肥、噴藥及收割，一貫作業，輕鬆得很。」

「回收的利潤可好？」我好奇。

他臉色一變：「講到這裡我就懊惱，假如天時、地利、人和都配合的話，兩成利潤跑不掉，怎奈今年冬季天氣異常，又下酸雨，收成比往年差。那還不打緊，收割時，不知哪兒冒出來的老老少少，爭拾掉落田埂間的毛豆，像蒼蠅一般，趕了又來，氣得半死！」

「那你怎麼處理？」我追問。他得意地笑說：「後來我想出一個妙招，吩咐工人機械採收後，立刻撒上雞糞當肥料，一時臭氣沖天，再立個告示：『此園已噴灑農藥，閒人勿近，違者移送法辦。』果然那些人都不敢靠近，你說我聰不聰明？」

另一位農夫看來近耳順之年，一臉慈祥，同樣承租農地種毛豆。當我問他是否因他人爭拾而心情受到影響時，他一派輕鬆地回答：「『土氣』是愈踏愈旺啦！現在經濟不景氣，尤其農村只剩老弱婦孺，掉落田間的毛豆，不撿的話，也會爛掉，不能暴殄天物，否則『天公會打屁股』。所以我事先告知收割時間，好讓他們準備桶子。眼力好、體力夠的，不一會工夫就滿滿一桶；眼力差的，一整天也撿不到半桶，這時我會再補給他半桶。看他們連連言謝，面帶愉悅地離去，我也不由得高興起來。這表示我這把年紀還有能力幫助別人，不是嗎？至於今年收成不佳，沒關係，農產收入是『天公錢』，我已盡了力，明年絕對還有豐收的希望！」

佛經上曾提到：送人鮮花，自己多少會沾些香氣。一樣收成，兩樣心情，得失之間，就在於人心。

樂當環保義工

環保媽媽基金會今年全台髒亂評比出爐，後段班抱屈「公園面積大、人員配置明顯不足」，但基金會董事長卻稱讚台南市下營區「去年最髒，今年超乾淨，還以為走錯地方，乾淨到讓人想哭！」讀完，令我感觸良多。

大家都不願置身髒亂不堪的環境，但願意以自身行動改善者，則屈指可數。以我自己為例，多年前由紐西蘭返台，眼見公園綠地到處都是垃圾與動物糞便，求助有關單位，回答不是互踢皮球就是虛應一招，最後我乾脆自己捲起袖子，拿起垃圾夾，將公園垃圾撿拾乾淨並加以分類，持之以恆已十餘載。

有回我看到流浪漢聚集公園石桌旁飲酒作樂，本想迴避，沒想到他們大手一揮，大聲指使我將丟滿一地空罐清理乾淨，我當下低頭彎腰走向前清理，畢竟我當時的角色就是「清潔工」。

最近酒駕違規沒能力繳罰款者，可以申請以工代賑，所以公園多出一些沒穿制服的非典型「清潔隊員」。我在清潔公園，偶遇一名患者，他緊貼我耳朵輕聲說：「莊醫師，你又不是沒有錢，既然酒駕運氣不好被抓，罰款繳錢消災即可。」讓我啼笑皆非。

其實撿垃圾過程中，也可交到不少志同道合的朋友。有年生日，妻和我想爬山順便慶生，匆忙之際，竟忘了將生日蛋糕放進車內，失望之際，也只好照預定行程，沿路將山徑的垃圾撿進塑膠袋帶下山，沒想到途中巧遇三位退休老師，閒聊後，知道我們是環保義工，熱誠邀妻和我至山上農舍一起慶生，他們準備了豐盛餐點，大夥兒高談各人的環保理念，氣氛熱烈又融洽，那情景至今仍深印腦海，不曾忘懷。

撿垃圾需彎腰，是心靈修行；做環保需勞動，是身體力行，有人戲稱我為「垃圾醫師」，我不以為意，反而至感榮幸。企業家好友戴先生最近買了一千支進口摺疊式長垃圾夾，央我分送全台各地環保義工，企盼拋磚引玉帶動環保風潮，從外而內，最終達到「身是菩提樹，心如明鏡台，時時勤拂拭，莫使惹塵埃」心靈環保的最高境界。

陌生人的紅包

只要有緣，我都願意將別人的孩子視為己出，給予關懷與指引，所以好友老陳希望我能輔導他稍嫌內向的獨子小陳，我毫不猶豫答應。

從小，我就很害羞，每見長輩或親戚來訪，馬上躲進自己的房間，避免不必要的互動。後來進入大學，才驚覺自己太過畏縮，沒有知心朋友，因此試著參加各種社團，與各色人物接觸。主動參與演講與辯論比賽後，個性因而改變，生活也變得多采多姿。

為了避免小陳步我後塵，我吩咐他每天清晨來公園學英文，因為外語能力不僅為日後職場所需，學習過程還必須開口說話。英文班由我與兩位美籍傳教士主持，在活潑的西式教育帶動下，小陳會話明顯進步，人際間互動愈見頻繁，臉上也常掛笑容。

另外我提醒他做些公益，學習「做中學，學中悟」的哲理。所以下課後，他即主動拿起垃圾長夾，走一圈公園，將雜亂的環境清理乾淨，日復一日，已逾一年。上個月，他提及有個陌生老翁，無緣無故想塞個紅包給他，小陳堅持不收，場面顯得有些尷尬。

沒想到隔天那個老翁突然出現在我診間，劈頭就稱讚：「莊醫師，你那『徒弟』真乖巧，我在旁默默觀察他許久，年紀輕輕就願意做義工，彎腰服務鄉里，而不去泡網咖或夜店，真的很不簡單。利用新年，想給個紅包鼓勵，他又婉拒，唉！錢實在不多，只是我的一番心意，麻煩你收下並代轉給他。」

「那怎麼好意思……」不待我說完，他即轉身離去。當下，我為小陳感到驕傲。

隔天，我當著小陳父母的面，將一千元紅包親手轉交，並將來龍去脈解釋清楚。看老陳欣慰的表情，「易子而教」的任務似乎頗具成效，不負所託。

歷經不惑、知天命，如今又達耳順之年，總覺上蒼待我不薄，將我從逃學小孩變成醫師，不將自己的所有傳承，實在有愧於天；再加上最近適逢空巢期，所以有較多的時間能陪伴年輕學子。旁人曾私下問我：「會不會管太多？會不會太累？」

我笑答：「能得天下英才而教之，不亦樂乎！」

難忘的生日蛋糕

參加過不知多少次的生日宴會，吃過無數的生日蛋糕，但印象最深的卻是在紐西蘭嘗到那獨一無二的蛋糕滋味。

王醫師是我移民紐西蘭後認識的朋友，我們早上一起打高爾夫，晚上相約唱卡拉OK，久了就變成無所不談的好友。有一天清晨他打電話給我：「莊醫師，抱歉今早不能和你打球，但無論如何中午來寒舍用餐，我有個驚奇和你分享。」

「什麼驚奇？那麼神祕！」我狐疑。

「賣個關子，你來就知道啦！」然後匆匆掛上電話，弄得我丈二金剛摸不著頭腦。

依約到達他家，只見餐桌已布置妥當，中央還擺了一盆各色的花，一眼看去，就知道花材是從後院剪來，隨性排列組合，雖沒特定流派，但不失其趣。坐定後，卻不見女主人蹤影，追問之下，王醫師才說：「今天是太太生日，怎奈她得了重感冒，本來要去餐廳慶生的計畫也隨之泡湯。但生日每年僅有一次，就這樣平凡空過，我心有不甘，所以趁她臥病在床之際，我昨天偷偷去書局買了本《蛋糕製作大全》，今天起個大早到超市選了原料，憑我醫學院化學實驗的經驗，親手做了個蛋糕，現正在烤箱烘焙……」話沒說完，只聽到「噹」的一聲，王醫師信心滿滿開啟箱門一看——整個蛋糕塌陷，外皮焦黑，不但沒香味，還帶點燒焦焦味。只見他整個臉糾成一團，失望之情表露無疑。

想再重做，時間已不允許；到餅店買個現成的，距離又很遠，只好叫醒休息中的太太賠個罪。沒想到學哲學的王太太一點也沒怪他，反而笑著對我說：「我就喜歡這模樣的蛋糕，像極了我先生，個兒小、皮膚黑，其貌雖不揚，但卻具硬底子的堅毅個性，有內在美，真棒！」然後轉身親吻老公，致上謝意。那溫馨的一幕，讓我好羨慕。

大夥兒邊吃邊聊，笑聲不斷，歡樂不絕。王太太不看「結果」，反而欣賞她先生體貼與關愛的「過程」，著實讓我上了一堂婚姻課。而那特別的蛋糕，吃在口中雖有點苦，但卻回甘，有如一杯好咖啡，其滋味讓我久久不能忘懷。

笑容是最好的化妝品

華人為新生兒取名頗為慎重，除了筆畫外，還要考慮金木水火土五行的問題，甚至請教算命仙，討個吉利與安心；反觀西方就沒這麼多顧慮，喬治、瑪莉等通俗之名都沒有特別的意義，只要順口好記即可。想起老外為妻取名的過程，至今仍然難忘。

移民初期，全家拜訪了一些老移民，期盼獲得一些寶貴經驗。記得有天到了張家，巧遇一位年約七十，滿頭銀髮，從英國來的老傳教士正在教英文會話。簡單介紹後，她強調英文名字的重要，因為外國人記中文發音很難，希望能為妻子與兩女取個發音似中文又好記的英文名字。

我們一口答應，她先要求小女念出自己的中文名字，聽到「葶」字後，不假思索地取了「Tina」，長女的名字中有個「萱」字，便取名「Cherie」。

當妻說出她名字中的「玲」字，我本以為她會取「Linda」或「Lily」，沒想到她想了幾分鐘後，給了「Dawn」這個名字。以為她聽錯了，我再次發出「玲」這個音，她自信地回答：「沒錯，這個Dawn最恰當。」見我一臉懷疑，她認真地說：「從你們進門後，我就在旁默默觀察，你的表情始終嚴肅，可能跟你是醫師有關；兩個女兒天真活潑，很適合這裡的教育。而你的太太一直保持優雅的笑容，那燦爛的表情就如同晨曦，溫暖和煦，Dawn這個字就是形容笑臉恰似初升的朝陽。」

住滿三年後，妻得通過移民官的面試，始能拿到公民資格，女兒與我不分晝夜為她惡補英文面試考古題，沒想到她輕易過關。驚喜之餘，我問面試官原因，他一派輕鬆回應：「英文能力不足沒關係，住久自然就熟練，你太太雖然稍嫌緊張，但我注意到她一直掛著溫暖的笑容，不疾不徐，這種樂觀自在的態度就是紐西蘭這個國家所需要的。恭喜！」

有人說：「最佳的化妝，就是面帶笑容。」想來也對，妻和我第一次在公車上邂逅，那時她剛下大夜班，素顏又疲憊，但她的笑容卻深深吸引了我，也因此展開了一段戀情。

溫暖陪伴　無怨付出

你有聽過國立大學教授掃地、上市公司總經理當廚師的故事嗎？信不信由你！這是我樂於分享的一個美滿家庭故事。

我是個開業醫師，每逢下午患者較疏的空檔，我習慣跨上鐵馬趕到診所後的大姨家，為姨丈、姨媽量血壓並聊家常。兩老年齡已近九十，身體還算健康，只是大姨去年摔斷股骨，姨丈這陣子也因腰脊骨塌陷壓迫坐骨神經，導致他倆需輪椅助行。他倆的兒女四人皆住中北部，但極為孝順，會輪班趕回屏東老家照顧父母，所以每天都有一位子女在旁照顧兩老，捶背、按摩、逗父母開心，樣樣不假他人之手。身為外甥的我，看在眼裡頗為感動。

大姨、姨丈是虔誠的佛教徒，佛經有云：「有因必有果。」很多人都說兩老非常有福氣，但據我從旁觀察，其來自「因」。

我曾請教兩老從小如何教育孩子，姨丈說他很少處罰小孩，都扮白臉；反而是大姨扮黑臉，有錯必罰。一般兒女長大成人後，有如斷了線的風箏，鮮少和父母聯絡，但兩老都持續主動關心，譬如大表哥負笈日本讀博士學位期間，他倆不僅郵寄家鄉土產，一解兒子思鄉之情；兒子課程繁忙之際，姨媽甚至直接飛到東瀛陪伴，為兒子洗衣煮飯，讓他無後顧之憂。

四位兒女的各自房間，兩老都儘量保持原來樣貌，一旦知道有誰要回來時，他倆必屈身親自拖地、洗棉被、擦拭桌面，整理得一塵不染，並準備小孩喜歡的家常菜，讓孩子返家有「賓至如歸」的溫馨。

今年春節，大姨媽全家團圓，好不熱鬧。大表哥捲起衣袖，負責掃地、拖地板，當個清潔工；二表哥則脫掉西裝領帶，穿上圍裙，在廚房大顯身手，當個廚師，另外兩位表姊也沒閒著，分別照顧坐輪椅的父母。孫子們圍繞祖父母看電視，祖孫三代促膝長談，笑聲不絕，其樂融融。

有人說孩子有兩種，一種生來是為了「討債」，另一種卻是「報恩」。「要怎麼收穫，先怎麼栽」，姨媽、姨丈以身作則，在孩子成長過程的溫暖陪伴與無怨付出，絕對是兒女日後「報恩」的先決因素。

一根扁擔

日前去拜訪好友老林，發現他家的祖先牌位前工整地擺著刨刀及量尺。好奇地問他：「你也不缺錢，這些工具老舊又占位置，留著幹嘛？」他才娓娓說出以下的故事。

上個月他為了爬草嶺古道，住進宜蘭一間民宿。一進客廳就見到神明桌上放著一把類似寶劍的東西，走近一看，才知道是根扁擔架在置物架上。扁擔本身斑痕累累，顯示出年代久遠，反觀兩端置物架卻用雅致的台灣玉雕刻而成。古早與現代，粗俗與精緻，反差極大，卻呈現出一種不可言喻的美感。

請教民宿主人，主人笑說：「這不是什麼藝術品，但卻是我家的傳家之寶。這根扁擔已經三代祖先挑過，為了追思，也為了讓子孫緬懷，我刻意放在這裡，每天清晨祭拜祖先之前，都將它擦拭乾淨。」

「先人留下的東西必然不少，你為何偏選扁擔？」老林問主人。

「扁擔象徵我們必須承擔人生不可避免的沉重。你可能不知道，從前的台灣，交通沒有今天那麼通暢。祖先們為了養家餬口，每天天還沒亮就穿上草鞋挑兩擔宜蘭特產或魚貨，翻山越嶺到台北。那時沒有冰塊，得趕時間趁新鮮才能賣得好價錢。所賣得的錢再換成台北的特產或日用品，在太陽西下之前趕回宜蘭，一路上幾乎不得休息。」

「我走一趟單程就氣喘吁吁，汗流浹背，累到不行，先人們還得背負重擔，來回走兩趟，可真不簡單！」老林不可置信地回應。

「祖父曾當面跟我提過，有一次他挑兩隻活豬，一前一後各放一隻，途中前簍那隻不幸死了。為了平衡，他只好找等重的大石頭取代死豬，繼續趕路，絲毫不得鬆懈。」主人哽咽地道出當時生活的無奈。

「看了那根扁擔，想到自己的父親以前是個木匠，我也依樣畫葫蘆，找到他以前用過的工具，整理之後，恭敬地擺在這兒。每回祭拜時總憶起過世的父親夜以繼日工作的身影。我想留給子孫錢財，可能導致骨肉爭產而不和，倒不如將祖先奮鬥的工具流傳下來，讓後代睹物思情，學習祖先堅毅的硬頸精神。」老林感慨地向我解釋。

打電話到天堂關說

「全台二六〇義工『快樂的傻瓜』，自費一萬到台東，為偏鄉童蓋書屋」，讀完昨天《聯合報》的報導，令我動容。在此願分享我碰到另一位快樂傻瓜的故事。

為了補足眼鏡框，打電話給林經理，約好的時間竟然不見蹤影，患者一直催，我再次聯絡他；「莊醫師，不好意思，我忙翻了，忘了約定之事，真的很抱歉，明天一定到。」那頭的聲音誠懇又低沉。

隔天早上，他如約趕至診間。利用門診空檔，我和他聊了起來：「你最近究竟忙些什麼？連正事都忘了辦！」「唉！本來不想說，既然您問了我就簡單介紹，聽過寶島行善團吧？我們的團體就類似這樣，只是沒固定班底，財力也沒那麼雄厚，只要任何一位成員碰到需要幫助的弱勢，就照個相並PO上臉書，註明需要的人力與材料，集合時間與地點，看到的人，有空就出力，沒空就出錢，大夥兒雖然累，但心靈卻充實，我們是一群讓別人快樂，自己更快樂的人啦！」說完，他笑得開懷。

「這個禮拜天，你們要去哪？」我好奇。「計畫去彰化的山上協助一位老阿公帶兩個孫子的家庭。」他掏出手機，點出服務對象現居住的狀況。「破舊不堪，雜草又叢生，這怎能住人？」我頗為震驚。「沒錯！這『房子』以前叫做豬舍，沒水沒電，晴天燥熱，雨天漏水，但我有信心將它改頭換面，成為一間溫暖的家。」他的眼神充滿自信。

臨走前他說：「我知道前樞機主教單國璽跟您很熟，麻煩打個電話到天堂，拜託他使點力讓星期天將來的颱風轉向，好讓我們這些義工安心工作。」然後揮手告別。

一個星期後，我致電關心，他興奮說：「莊醫師，您那通天堂關說的電話確實有效，當天晴空萬里，來了三十位義工，募得約十三萬元，預計再一個工作天，這個案就可圓滿。」

我哪有如此神通，是他們一群人的善心與義舉感動了天。台灣寶島的風景就是那麼可愛，總會有些人犧牲假期默默地做好事讓別人高興，也應驗達賴喇嘛所說：「真正的喜悅，來自別人因你而快樂。」

再三回味的上等菜

當今不少家庭，為了省時方便，大都外食或買個便當充飢。而在飯店或路邊攤，絕對找不到魚骨湯這道料理，但對表弟與我而言，魚骨湯卻是不折不扣的上等菜，值得再三回味。

四十年前，我住在彰化，考上北部大學後，母親不放心我的食住，要我前往寄居二姨媽家。姨媽廚藝絕佳，米飯麵食樣樣精通，所以放學後，我總匆匆騎鐵馬趕回家，與大夥兒圍在飯桌旁，等著好菜上桌。姨丈與姨媽視我如己出，一邊吃著熱騰騰的菜肴，一邊聊著當天發生的趣事，有說有笑，其樂融融。

記得在一個寒冷的冬天，姨丈與姨媽臨時有事外出，我一返家，只見就讀國小的兩個小表弟癱坐在沙發，口中直嚷肚子餓。我拿了錢要帶他倆出去吃飯，門一打開，冷風迎面襲來，身體直發抖，想到還得走一段長路，只好作罷。

關上門回頭看小表弟面有「菜」色，我遍尋不著泡麵，打開冰箱，看到的只是些剩飯剩菜，心中暗想，這很簡單，飯放入電鍋蒸，菜放進鍋裡炒就行，沒想到兩個小表弟還吵著要喝熱湯。這可難倒了我，沒蛋、沒菜、沒肉、沒鮮魚，怎變出湯？還好瞄見冰箱一角有盤吃剩的白鯧煎魚，頭尾還在，肉已被吃掉大半，只剩魚骨上還黏著些肉。靈機一動，將它放入滾燙的開水，加點鹽巴，最後撒上碎青蔥，不一會工夫，魚骨湯即大功告成。

不知是餓過頭或天氣太冷，只見表弟倆狼吞虎嚥，大口吃飯，大口喝湯，直誇此湯色香味俱全，乃天上美味。事後還央求他媽媽要學我的「武功祕笈」。

如今時光飛逝，我已近耳順之年，每遇到表弟，提及魚骨湯，我們都不禁相視而笑，話題與回憶自然拉回好久之前那個寒氣逼人的冬夜，窗外雖酷寒，窗內卻見三人溫馨享用「自助」的晚餐。

其實餐點的美味與否，不在食材與價錢，而在於人與情境。只要能和家人一起用餐或邀三五知己小酌，哪怕只是粗俗的青菜豆腐，不僅享用過程會有濃濃幸福感，吃後也是回甘許久。

為什麼呢？只因其中多了一種天然調味元素：「愛」！

奇妙姻緣

台語有句俗諺：「前世互相欠債，這世才會結為夫妻。」就讓我分享三例奇妙的姻緣。

首先是位有為有守的A君，他前幾年飛至加拿大洽公，入境之前，遇到三位職業騙徒，其中兩位佯稱首次到加國觀光，請A君幫他倆照相留念。A君不疑有他，放下手提箱，拿起相機就拍，沒想到對方刻意變換背景，利用他移動失去戒心之際，另一同夥神不知鬼不覺將手提箱偷走。

當他還了相機準備出關之際，始驚覺上了當，護照與現金皆不翼而飛，只好打電話求助駐加領事館。其中一位官員得知A君頗富愛心，熱心助人，只因涉世未深而陷入困境，慷慨地邀他暫住其處，解決他的燃眉之急。沒想到因而認識其女，兩人相戀，最後結成連理。現在王子與公主移居紐西蘭，過著幸福快樂的日子。

B君的例子是從一通電話開始的：「陳小姐，您好，我是黃先生！」

「對不起，您打錯了，我是李小姐。」

「不可能！從您溫柔如黃鶯出谷般的聲音，我確定您是陳小姐。」

「唉呀！您嘴巴真甜，但我真不是您要找的人。」

「不可能，我的耳朵很精，要不然您那兒是？」

「我這裡是某某超商。」

「那就對了，我找的人就在那兒服務。」

「唉！我要怎麼講您才相信。」

由於手機跳號，陰錯陽差，讓他意外認識了李小姐，之後搭訕、約會，竟然有情人終成眷屬。

C君則是我的一個醫師好友，考上醫學院之後，據他形容生活費用不曾向父母伸手，原來他都利用假日辦私人家庭舞會賺入場費。為了招攬更多男士入場，他必須隨時物色稍具姿色的女孩。

有一次他搭公車，從窗外望去，瞥見一個長髮飄逸如仙女般的小姐漫步在人行道上。他馬上跳下車，然後以跑百米速度，左躲右閃穿越擁擠人群，追尋心目中的女神。後來不僅成功約她成為舞伴，還相知相惜結婚，成為令人稱羨的終身伴侶。

「千里姻緣一線牽」，月下老人牽紅線，有時不按常理出牌，讓愛情這條路曲折浪漫又離奇。企盼每對佳偶珍惜這難得姻緣，互相體諒扶持，白首偕老。

現代老萊子

我想分享一則令人動容的孝順故事，主角是位黃先生，約知天命之年，無論晴雨，每次都面帶微笑推著患失智的老媽進入診間。

依我的經驗，陪同行動不便老人看病者，大都是外勞或女兒，鮮少有兒子能撥出時間，所以他特別讓我印象深刻。

直到有一天推輪椅的換成另一個女士時，好奇心驅使我問：「常陪伴的那位先生今天怎沒來？」

「喔！他是我大哥，今天臨時有要事，特別交代我這二妹，一定得陪伴家母回診。」

「花錢請個外傭不就成了。」

「我們曾考慮過，但媒體常披露老人背地裡被虐待，大哥不放心。」

「那就請太太代勞嘛！」

「他為了我媽，放棄台北輕鬆優渥的工作，回鄉下老家種田就近照顧，也因此打消了娶老婆的念頭。」

話匣子一開，她繼續感性訴說：「我媽能夠健康至今，全歸功於大哥，他不僅照顧家母的衣食住行，也儘量讓她心情愉悅。」

「他一個人忙裡忙外，怎麼做得到？」我懷疑。

「您不了解啦，母親罹患失智多年，連我們兒女都不認得，大哥除了要為她洗澡、換衣，晚上也得睡她身旁，一旦有些許動靜，就須扶她上廁所，一晚有時三、四次，隔天又要下田工作，有如鋼鐵人般，但他甘之如飴，不曾喊累。有一回大哥發現母親笑得合不攏嘴，正疑惑之際，老母急忙拉著大哥說『以後你不用出去辛苦耕種了，我自己會賺錢，瞧！我在家裡地上撿到五十元硬幣』。從那天之後，大哥清早出門幹活前，一定刻意丟四、五個硬幣在母親的床邊或客廳，回家即見老母倚門含笑，炫耀她今日的收穫。您說，大哥像不像現代老萊子？」

聽完，我陷入深思。周遭朋友常感嘆：「兒女小時候，我們做父母的，用溫暖雙手拉著稚嫩小手，耐心教他們學步，扶持他們成長。有朝一日，我們老了舉步維艱時，拉著我們蒼老無力的手，推著我們孱弱身子的，卻是遙遠又陌生的外傭！」反觀自己一對女兒，國外深造期間，不時打電話噓寒問暖，之後又樂意返台就業並陪伴妻和我。一思及，小確幸的滋味從內心深處湧起。

痛苦會過去　美麗會留下

一個悠閒的下午，我獨自在家，突然電話聲響，拿起話筒，傳來小蔡熱悉的聲音：「莊醫師，還好你在家，可不可以過來一下，阮老師在這兒一直悲傷哭泣，我不知如何是好。」「我馬上趕過去。」腦海頓時浮現他幾年前意氣風發，豪氣萬千的一句話：「生命，只有快樂，沒有其他！」當時他從學校退休，隨即買了輛大型休旅車，改裝成露營車，一有好天氣，就載著太太上山下海、遊山玩水，一出去就是十來天，他的兒子如他所願上了醫學院，女兒也進公職，人生勝利組的日子過得自由又自在。

但好景不常，就在兒子行醫的第一年，腦部發現不明腫瘤，經過外科開刀與無數次放射線治療，狀況時好時壞，主因是一顆小腫瘤位置靠近生命中樞，神經外科醫師不敢開，怕手術結果成為植物人。

為此，阮老師整日以淚洗面、藉酒消愁、足不出戶，這次他難得走出來，從高雄開車遠來屏東鄉下找老友散心敘舊。怎知聊到痛點，他又聲淚俱下，讓小蔡不知所措。

我到達時，只見他癱軟地坐在沙發上，問其原因？「唉！屋漏偏逢連夜雨，前陣子突然腰痛，站不直，找醫師照了X光與核磁共振，才知坐骨神經受到壓迫。」「難怪你現在看到我就彎腰行禮，比以前謙遜多了！」我想讓氣氛不那麼沉悶。「不要開玩笑了！」他眼神盡是無奈。

之後，小蔡與我只是安靜地陪他並專注傾聽訴苦與發洩，其間，我分享個故事：「歷史上，有位著名的法國印象派大師雷諾瓦，晚年得了類風濕性關節炎，嚴重到每次提筆作畫手腕關節皆疼痛不已，但他每天仍忍著劇痛，執意不間斷創作，親友勸他多休息，他說了句名言：『痛苦終將過去，但美麗會留下來。』」小蔡也提及貝多芬舉世聞名的《命運交響曲》，是在他耳聾沮喪時所完成，所以貝多芬有感而發：「痛苦是通往快樂的唯一途徑。」

離別時，阮老師已停止啜泣，表情也不見陰霾，希望這次的陪伴能夠讓他轉個念，舒緩其心情，懂得苦難是包裝後的祝福，早日跳脫痛苦的深淵，迎向陽光。

傳遞愛的南瓜

一如往常，打完球後，我拿起長夾漫步公園，一邊靜思，一邊清理小徑上的垃圾。突然身後傳來親切的招呼聲，轉頭一望，是我的病患，推著小三輪車，裝滿一袋袋的南瓜，狀極疲憊，驅前問：「怎麼這麼多的南瓜？」她才嘆息談起：「老闆好可憐喔！他患尿毒症，已洗腎多年，最近檢查又發現膀胱癌，開完刀後接受化療，全身無力，整片南瓜園任其荒廢，實在可惜。他平常待人和善，對員工又好，所以我主動邀朋友幫忙收割，想換點現金助他，沒想到那麼難賣！」看她低頭雙眼泛紅，於是我陪著她叫賣，或許二十多年義工資歷，人脈較廣，不一會工夫，全部賣光。

隔了幾天，她帶老闆的女兒登門道謝，我看機車上還剩不少南瓜，當下全買，給了千元大鈔，囑她不用找零，沒想到年約二十、有張清秀臉龐的女孩一直堅持：「您幫忙推銷，我已感激不盡，父親與我有手有腳又有田地，靠天靠地又靠自己之力，賺取合理利潤，三餐無虞，絕不能再接受施捨，請轉送更需要的人。」看她誠心又禮貌地雙手捧上應找的零錢，我打從內心深處讚歎，並囑咐她將田裡的南瓜儘早收成，缺人手的話，我可發動義工相助，她微笑點頭。

一星期後，老闆親自載了整貨車的南瓜來，面容明顯憔悴，我想整車買下，他還客氣地說：「貨分兩類，蟲咬過或賣相不佳的，客人會嫌，我自己留著賣，麻煩你買那些外型大又美的南瓜。」「蟲咬過才好哩，那表示有機或農藥噴得少，內在美的我才喜歡。」我不認同，老闆這才露出難得笑容：「沒想到你那麼內行，好，這些也便宜賣你。」「不行，一樣價錢，你可知都市的有機農產品都比較貴。」我不以為然。經過一陣推拉後，我買下整車南瓜。他的態度和女兒一模一樣，難怪有人說有其父必有其女。

南瓜放在診間，寫上「義賣」，好心的病人買了大半，剩下的好友知情後，全買下分送廠區的外勞加菜。前陣子強颱來襲，不知整田的南瓜順利收成否？也祈盼那位值得尊敬的農夫，早日恢復健康，平安又喜樂。

五兄妹的革命情感

父親結婚初始，就想有個女兒，沒想到事與願違，母親一連生了四個壯丁，最後才好不容易得了個么女，所以我家有四男一女。父母常形容有如一張體面的桌子，由四支堅強的桌腳支撐著一張亮麗的桌面。為了扶養五個嗷嗷待哺的小孩，父親當公務員，母親則在鎮內開了間藥房，兩人雖然忙，但對小孩的教育不曾懈怠。還記得四弟小時候罹患重病，除了看西醫吃藥打針外，中醫食補不曾間斷。

母親為了誘導他服食其苦無比的藥材，特別買了斑鳩、排骨、豬肉等好料熬煮，但長期下來，四弟看到補湯就哭鬧不停。這時聰慧的母親會召集四個兄妹在旁排排站，每看到四弟好不容易吞下一口，我們立刻奉命鼓掌叫好。不知四弟是被手足之情感動，或憐憫我們被罰站，這招確實達到預期效果。

二哥上了初中後迷上賽鴿，荒廢了課業，他自知不能達到父母要他上大學的期望，背著父母，偷偷跑到南部讀海軍士校。雙親接到通知，怒氣難消，連夜帶著么妹坐火車趕到左營找校方理論。校長二話不說，把二哥從營區引領到爸媽面前，他倆不斷以親情曉以大義，二哥仍垂著頭堅持讀軍校。

父母失望之餘，只好鼓勵他努力向學，然後如敗戰鬥雞般拉著么妹返家。那時么妹僅幼兒園大班，見此情景，突然掙脫父母，轉身跑向二哥，將口袋僅有的兩毛錢塞進他手中，當下二哥激動地緊抱么妹，淚流滿面。

後來二哥也不負眾望，以第一名畢業，之後上軍艦服役，每有配給的各種美援罐頭，他都捨不得吃，利用休假拿回家和兄弟妹共享，那美好滋味至今仍讓我難以忘懷。

如今雙親皆已過世，手足五人湊巧各居台灣的東西南北與中部，平常各以專業服務地方，每逢父母祭日，長兄如父，他都邀約弟妹共聚一堂，重溫兒時在一起的歡樂時光。我們一致認為手足之所以如此情深，嚴父的鞭策與慈母的善誘功不可沒。

父母親做任何事，一定要求我們兄弟妹一起在旁協助，不能偷懶，久而久之，手足之間會同心協力，互相幫忙，「革命」情感油然而生。

傳承母親的關愛

母親教導我做好事不僅用嘴巴說，更要身體力行。有一件事，至今仍讓我印象深刻，並試著延續她的人生態度。

小時候，母親在偏遠的小鎮開了間藥房，接近黃昏時分，總有一位叫賣聲低沉又沙啞的老翁，緩緩卸下扁擔，順勢坐在藥房前的長板凳，低著頭抽菸，似乎等待著什麼。

不多久，母親會利用賣藥的空檔，出來跟他打個招呼，然後二話不說將所有的菜，不經揀選，全部買下。之後再花時間將凋零的老葉挑掉，整理清洗過後，可食的部分不到一半。我們家當天吃不完的，母親會交代我分送鄰居或親朋好友。

觀察一段時間，我再也忍不住問：「媽，這些菜看來乾乾扁扁的，一定是早上賣不完剩下的存貨，不漂亮又不新鮮，您何必浪費錢買這些別人不要的菜？」語調帶點困惑與不滿。

「小孩子不懂事，不要亂講，那位老農終身未娶，孤伶伶一個人，靠不到一分地種菜維生，生活十分艱苦，他不偷不搶，不做乞丐，年紀已近八十了，還須起個大早，種菜、灑水、施肥，忍受風吹日晒雨淋，不曾喊苦，也未曾央求他人接濟。我們雖不富有，但花點小錢，鼓勵他這種不服老，自食其力的精神，怎叫做浪費？」母親面帶微笑，以肯定的語氣解釋。

去年夏天，從公園運動後返回診所，我遠遠看到一個老婦，賣力地踩著破舊的老鐵馬，沿路叫賣載在後座的蔬果。靠近一瞧，她滿布皺紋的臉龐汗水直流，狀極疲憊，再看竹簍內蔬菜早已枯黃，難怪無人問津，我問她何必如此操勞？

她一把鼻涕，一把眼淚訴說：「老伴十年前就過世，唯一的兒子又不學好，整天在外閒蕩，無所事事，喝酒吸毒後，變成禽獸般，對我又罵又打。為了有口飯吃，我偷偷在別人的荒地上種些蔬菜，沒想到今天滯銷，唉！可能我前輩子沒修好，才落得今天的下場。」

聽完她的哭訴，想到母親教過我的事，當下的蔬果我全買下，並囑咐她以後賣不完的全部送到診所，我願學母親般照單全收。

看她表情瞬間由愁雲似的悲傷轉為朝陽般的喜悅，其實內心深處，我比她更快樂。

讓人嚮往的退休生活

陳太太是我的病人，診療期間，不時拿自種的冬瓜、秋葵、莧菜，與自製的食品如章魚丸、米腸、鳳梨酥送我，讓我受寵若驚。有一天她開口邀我偕妻到家裡坐坐，我一口答應。

按過電鈴，紅色大門一開，笑臉迎人的是她先生——從國中退休的陳老師。穿過偌大前院，小徑旁是扶疏的花草樹木，雖值盛夏，但濃密樹影下，涼風徐徐，鳥鳴不絕，一點都不覺悶熱。在客廳坐定，目光所及皆是夫婦倆多年蒐集的骨董家具與字畫，此時主人泡上濃郁香醇的咖啡，話匣子一開，聊到各自荒唐的過往，笑聲不斷。

談到退休生活，他倆力行男主「外」，女主「內」。所謂的「外」並不是外出應酬交際，而是每天清晨早起即拿起掃把，將庭院滿地落葉清理乾淨，多年之後，他悟出「掃地掃地掃心地，不掃心地白掃地」的哲理。累了，則在樹下隨意擺個小桌與兩張涼椅，先備好一壺茶，然後對著廚房大聲呼喚愛妻；主「內」的另一半即放下手邊工作，翩然到來。

想像中，在自宅一角落，綠意盎然，鳥語花香，涼爽清風，一對老夫老妻悠哉享受熱茶，互相關懷，不需任何言語，就是一幅經過滄桑後沉澱的畫面，成熟的人生美景，絕不亞於年輕時的羅曼蒂克。

平日用完午餐，小睡片刻後，大學時主修中文的男主人，習慣走進書房，倘佯於古今中外的各類文學作品；女主人則繼續鑽研她熱愛的烹飪技巧。

這次拜訪賓主盡歡，臨走之前，夫婦倆意猶未盡，又邀我們週末夜去他倆所謂的祕密景點一起野餐。

到了目的地，始知是大鵬灣一處鮮為人知的遊艇碼頭。那時夕陽正西下，極目遠眺，海水顏色從淺至深直到暗藍，紅如蛋黃的太陽也由圓滿、半圓到沉入海平面，之後的天際，是皎潔彎月與閃爍繁星。
讚歎之際，只見陳老師從車子後座拿出熟悉的那組桌椅，大夥兒圍坐品嘗陳太太從家中帶來，自己烹調的樸實晚餐，海風拂面，美景當前，情境絕不輸五星級大飯店。
感謝陳先生夫婦的熱誠款待，從他倆身上，我學到簡單、悠閒，走進大自然又不失充實的退休生活。

翻轉生命　優先順序

和好友老蔡難得約好吃個晚飯，突然妻和兩個女兒提早返家要為我慶祝父親節，趕緊拿起電話想取消飯局。妻在旁勸阻：「已和朋友約好，要有信用，我和女兒另外選個地方吃就好了。」

我仍執意向老蔡解釋原因，取得諒解後，妻和兩個女兒立刻邊送上香吻邊說：「老爸變了，把家庭放在第一位，真棒！」沒錯，我現在生活的優先順序就是家庭、朋友，最後才是事業。

回顧過去，我真魯鈍，猶記醫院開業初期，那時長女參加學校朗誦比賽，次女代表學校進軍全縣台語歌唱大賽，導師與妻不時叮嚀要我參與，我卻以眾多患者更需要我為由，斷然拒絕。結果老大得了第一，老二勇奪季軍。頒獎之際，全場掌聲不絕，妻以相機留下那光采的一刻。

兩女回到家見到我，馬上撲上，得意地拿出獎狀和老爸分享，但從她倆眼神與話語中，我讀到些許的落寞與遺憾。病人永遠看不完，但當下全家能一起歡愉慶祝的時刻，卻如風一般，消失無蹤，永不可再得。

之後移民紐西蘭，我變成空中飛人，試圖在家庭與事業之間找到平衡點。期間認識一位與眾不同的王醫師，他在不惑之年，毅然放下在台收入頗豐的診所，舉家移民紐國。為了親自教導孩子，買了不少參考書，重讀國中與高中的數學、物理與化學；教累或讀累了，則陪兒子散步聊天或打高爾夫；太太也全程陪兒子學鋼琴和小提琴。經過多年的愛與陪伴，兩個寶貝兒子不負期望，順利上了醫學院，音樂素養更不遑多讓，全家樂融融地凝聚在異國，讓人稱羨不已。

如今我事業已穩固，朋友也不少，是該將重心回歸家庭的時候。女兒時常有意無意在耳邊提醒，有一天她們也會有知心男友，之後組自己的家庭，漸離漸遠，不可能永遠隨侍左右，所以我現在不把握，更待何時？

於是只要是值得慶祝的日子，必可見一家四口在美麗景點或餐廳，聽到我們的爽朗笑聲，看到愉悅的笑臉，那可是千金買不到的時光。

「家」對過去的我而言，只追求外表的美觀、豪華與寬敞；現在的我，更重視內在的溫暖、和諧與歡樂。

停、看、聽　護眼三要訣

「國人黏螢幕，每天八點五小時超過睡眠——行動裝置四大視力殺手，眼科醫師提醒：用眼過度造成高度近視，到老年恐增加失明風險」，《聯合報》斗大的標題，讓人怵目驚心。身為眼科醫師，希望藉此文矯正一般人不正確的近視迷思。

近年來，教育部非常重視兒童視力保健，每年兩次，學期初始，學校護士都會篩選出視力低於零點九的學生，吩咐他們到眼科診所診治。但不少學生貪圖方便，直接到眼鏡行驗光配鏡了事。其實視力不良的原因除了屈光不正之外，還有不少其他可提早發現並治療的疾病，包括假性近視、先天性白內障、青光眼與各類眼部炎症，及早適當治療，有些根本不需要配鏡。

至於假性近視成因很簡單，就是「長時間」「近距離」使用眼睛，導致眼球內調整焦距的睫狀肌持續處在收縮狀態，久而久之就形成假性近視，此時給予適度睫狀肌鬆弛劑（俗稱散瞳劑），就可達到預防與治療的效果。但有些家長與學生從網路得到錯誤的訊息，認為長期瞳孔放大，易引發白內障、青光眼，再加上使用者會有近距離視力模糊與畏光等副作用，所以能配合醫師指示並定時回診的比率並不高。

散瞳劑也是一種藥物，我們不能要求任何藥物沒有半點副作用，但只要它的優點大於缺點，就值得使用，況且只要按時追蹤回診，出現白內障、青光眼的機率極低。

最後談到高度近視，其定義為超過六百度以上的近視。據統計，高度近視導致視網膜破洞、剝離，白內障與青光眼的比例比正常人高出好幾十倍，但大部分的患者卻不當一回事，認為只要成人之後，做個近視雷射手術就可輕易矯正高度近視，回復正常。殊不知高度近視是因眼軸過長，拉扯網膜，導致破洞進而剝離，近視手術只是將眼球前方的角膜弧度改變，眼球後方的視網膜剝離的機率不會因做過近視手術而降低。

為了遏止近視惡化，但願人人確實做到護眼三要訣：

「停」：停止長時間過度用眼。

「看」：看不同遠近物品。

「聽」：聽從醫師建議，每年定期眼睛健檢。

陪伴

最近有對事業有成的老夫婦，當著我的面感慨：「孩子從小送出國，我倆退休後遊遍世界各地，有一天黃昏，逛到東港小漁村，看見一對父子，汗流浹背地將竹筏上的魚貨合力搬上岸叫賣，然後勾肩搭背，一路笑著走回家。見此父子情深，想到留美多時的兒女久未聯絡，不禁悲從中來。」

我旅居紐西蘭期間，一次全家出遊，在一偏僻的小鎮，偶遇一個十來歲的小男孩，獨自在橋上垂釣，狀極孤單。我帶著笑容上前打招呼，並拿顆蘋果和他分享。話匣子打開後，始知他是來自台灣的小留學生，一個人獨自在遙遠的異鄉讀書。

問他父母為何不來陪伴時，他一臉無奈說：「我哥很會念書，從小到大考試皆名列前茅，現就讀台大，爸媽逢人便誇哥哥的聰慧與乖巧。而我愛玩又不是讀書的料，課業成績紅字居多，讓父母傷透腦筋又沒有面子，所以乾脆把我丟到這裡，眼不見為淨。」沉思一會，他一股腦兒宣洩不滿：「日後長大獨立，混出些名堂後，我也會依樣畫葫蘆，躲得遠遠的，讓他倆知道孤寂的難受。」一聽完不勝唏噓。

這使我想起好友張姓夫婦，先生是耳鼻喉科醫師，太太為牙醫，兩人開了間聯合診所，患者絡繹不絕。兩個小孩相繼出生後，他們把生活重心全放在家庭，當孩子在小學與國中時期，夫妻輪流陪伴小孩走路上下學，溫習功課。兒子高中考上雄中後，夫妻倆不忍讓孩子住宿或通車，每天清晨與傍晚，一定開車接送。從屏東到高雄，來回車程少說也要一個半小時，不論晴雨，天天如此。

「多年下來可曾倦怠？」我好奇。他倆直說：「不累是騙人的，但車內的小天地有說有笑，閒話家常，氣氛融洽，那是金錢買不到的。」

如今兩個小孩也頗爭氣，皆考上北部醫學院，繁忙課業中，不時打電話回家嘘寒問暖，讓兩老寬心。

看看別人，想想自己，十餘年前移民紐國，為了事業與家庭，我當了多年的空中飛人，還好妻子任勞任怨，為了兩個女兒的教育，長住異國，忍受語言與文化的隔閡。最近女兒學業有成，欣然回國就業，妻子當年的陪伴，功不可沒。

冬陽般溫暖的一句話

「雨下得又大又急，您平安到家了嗎？」Line 上面出現兩行字溫暖了我。明明清晨出門時，陽光還曾露臉，打完兩場網球，突然變天，狂風暴雨，在司令台下躲了一小時，還是不停，一旁好友陳經理，看我眉頭深鎖，知道我急著回去看門診，脫口而出：「我機車上有雨衣，你可先拿去穿！」關切的眼神，稍解我急躁的心情，「不用啦！你等會還是需要用到。」我不好意思回答，「真的不用客氣，我已退休，櫻櫻無代誌，可以等雨緩和後再回家。」他一再堅持，「我喜歡雨中騎自行車，浪漫跳脫舒適圈，讓雨滴不停打在身上，讓疾風吹醒我疲憊的軀體，讓寒風打醒我低沉的情緒……」不待他拿雨衣來，我已經跳上鐵馬直衝家門，不用說，一路冽風刺骨，冷得直發抖，到了家，整個人變成落湯雞，馬上沖個熱水澡，吃完早餐，換上門診服，順手打開手機，映入眼簾的就是陳經理的關懷問候，整個身心頓時熱了起來，雖然外面依然豪雨不斷。

「我常不在家，大門的鑰匙我打一支送你，歡迎隨時帶朋友來玩，自己開門把我家當你家。」好友蔡先生在高雄工業區當廠長，每天與妻早出晚歸，他小時家境清寒，住在雲林偏僻海邊小村，起床後要幫父母農作，做完早餐後才能匆匆上學，所以經常遲到挨罵。高中時，為了助家計，北上基隆，白天在造船廠上班，利用晚上讀夜校，半工半讀，認真向學，工作賣力，吃苦耐勞，深得現在董事長讚賞，提拔他南下當廠長。為了圓兒時之夢——有一塊屬於自己的綠地，種菜、栽花，養雞鴨，特地在屏東鄉下和董事長一起買了一甲農地，整理得如同公園一般，空閒時，我常和他在屋簷下泡茶，聊天或小酌一番，住家周圍遍植桂花，輕風徐來，芳香四溢，放眼所及盡是紅花綠葉，好不愜意，他一步一腳印創造出一座人間樂園，又不藏私，願和我分享，說出那句話，能不讓我感動？

「良言一句三冬暖」，說話是一種藝術，哲人說：「舌尖上沾一點愛心，讓口邊都是春風。」好友真誠由衷的一句話，總讓我多年難以忘懷，心中溫馨許久。

如何教育迷途孩子

親朋好友聽聞我小時候不愛讀書，還時常逃學去溪邊玩水、市場閒逛或偷溜進電影院看電影時，莫不張口結舌，異口同聲地懷疑：「看你中規中矩的樣子，怎麼可能？」甚至還有人好心私下勸我：「大多數人都企圖掩瞞自己過去不光采的錯誤，你卻反其道大肆渲染荒唐的童年，給自己留點面子，不要再提啦！」其實不要怕犯錯，讓自己變成有故事的人，我以即時改過向善為榮。

曾有醫學院同學羨慕我精於玩樂，因為他很乖，從小就被父母告誡，要在三個地方好好讀書——家、學校與補習班，久而久之，就像飼養在籠中的金絲雀，長大後不懂如何自由快樂飛翔。

至於我如何迷途知返，請看以下我的故事。

從小我調皮搗蛋，不學無術，若沒經歷虎父的叱責鞭策；慈母的循循善誘與導師的適時鼓勵，絕不能轉化成現為醫師的我。

打從國小五年級，我就開始蹺課，學業成績因而一落千丈。那時父親服務於警界，早出晚歸；母親在鎮上開了間藥房，貼補家用，一忙之下，疏忽了教育需要的關懷與陪伴。

父母與導師溝通之後，才知道我當時瘋圍棋，逃學時大都躲進棋社下棋，所向無敵，自認為是圍棋天才，偶像是當時的留日圍棋國手林海峰。於是爸媽私下與導師商量，暗中請了一位職業棋士，當天我破例不用乖乖呆在教室上課，整個上午就在校長室對弈，從開始的滿懷信心、不可一世，到後來盤盤被殺得片甲不留，才知道「人外有人，天外有天」，自己只是隻井底之蛙。

垂頭喪氣有如戰敗鬥雞之際，嚴父輕拍我的肩膀，不說一語；慈母將我摟進溫暖懷中；導師則在旁真誠鼓勵：「以前的爛成績一筆勾銷，只要你從今以後，認真向學，畢業考成績若考第一，老師保證將市長獎頒給你！」母親也當著我的面，彎腰向導師誠懇請求：「我不奢望兒子日後功成名就，大富大貴，只希望他快樂無憂長大，老師，請不要再體罰好嗎？」

少了「棍子」，多了「紅蘿蔔」，家庭與學校愛的教育讓我燃起希望，學習之路也逐漸步上正軌。如今自己已為人父，深信教養之道無他，唯愛與陪伴。

言教不如身教

開學初始，教育部規定各級學校保健單位，必須篩選視力不良的學生至眼科診所做進一步診治，所以最近診間忙碌不堪。

為了防止近視進一步惡化，除了開藥水治療之外，我都會不厭其煩告訴患者，近視的後天成因是「近距離」、「長時間」使用眼睛，所以必須讓雙眼適當休息並遠離3C產品。之後常見的情景是：父母瞬間變臉，大聲斥責子女不要再黏著手機、不要再上網；但離開診間不久，只見家長自顧自滑手機，盯著小螢幕玩遊戲、看FB或Line，不知小病人在一旁看了做何感想？難怪近視防治效果不彰。

這使我想起半世紀前，我就讀老松國小，當時學校推行環保運動，師長在週會上說得天花亂墜，我都沒聽進半句。但是有天在校園內，遠遠就注意到有個大啤酒肚的楊校長，正吃力地彎下腰想撿起地上的垃圾，由於中廣身材，試了多次皆未成功，最後，他將左腳緩緩向後抬起，以右腳金雞獨立的姿勢奮力屈身，終於將垃圾撿了起來。看到此幕，我小小心靈當下感佩不已，這也是我今日樂於當環保義工，每天將公園環境整理乾淨的原因之一。

還有上個星期，一位幼兒園老師提及，班上有位孩童每天都由年邁祖父騎機車載來學校，但孩子卻不曾表達感謝之意，不管師長怎麼威嚇利誘，他就是不肯開口。不得已，這位老師只好以身作則，每天在這孩子面前刻意提高嗓門打招呼：「阿公，您辛苦了！」連續十來天，最後這位小朋友忍不住出聲：「老師，你弄錯了！他是我的阿公，不是你的。」「喔，是嗎？那你自己怎麼不叫呢？」老師故作疑惑狀。從此之後，那孩子皆搶在老師之前，主動向阿公鞠躬致謝並說再見。

小時候，爸媽叫我做家事，必身先士卒一起做。習慣後，每次看到父母在忙，我便自然上前從旁協助，這也間接讓我懂得凡事要合作、先苦而後甘的人生哲理。

上帝造人，只設計一張嘴，卻有兩隻手與兩條腿，或許用意就是希望身為萬物之靈的人們，少用嘴空談，多用四肢身體力行。下次教育下一代時，少點言教，多點身教，或許效果會更好。

家是放心的地方

最近網路流傳一篇文章，大意是說一位事業心很強的先生，每天認真工作，加班無數。有天好不容易爭得三天假期，回家卻不見妻小蹤影，只有離婚協議書攤在桌上，孤獨失望之餘，跑回自己的老家。母親看到兒子突然回家，異常興奮，吩咐老爸去市場採購食材，準備加菜。沒想到每隔幾分鐘，老爸就打電話回家關心。兒子問媽：「您不煩嗎？」「高興都來不及了，怎會煩呢？」「為什麼呢？」兒子一臉狐疑。「這表示你老爸時常惦記著這個家呀！兒子，家是放『心』的地方，不是放『錢』的地方。」母親的一席話，及時點破兒子根深柢固的迷思。

這使我想起十年前移民紐西蘭的那段日子。那時我有如空中飛人，一個月在台灣拚經濟，一個月飛往紐國享受好山好水的日子——早上邀好友打高爾夫球，午後喝下午茶，晚上則聚餐唱卡拉OK，生活過得好不愜意，總認為一個月辛苦工作後，來異國盡情逍遙享樂是一家之主理所當然的權利。

直到有一天，讀大學的女兒突然嚴峻地命令：「爸！您明天哪兒都不准去，我充當嚮導，帶爸媽去市立植物園逛逛，春天的花兒正盛開著呢！」隔天起床，只見女兒忙東忙西地把一切東西準備妥當，然後「一聲令下」，妻和我舒服地坐在後座，她當司機一路開往目的地。一下車，我才驚覺她的用心與辛勞，左肩扛著一大袋點心，右肩揹著一大壺開水，茶包、咖啡一應俱全，脖子還吊掛著一台笨重的單眼相機，十足專業模樣。

每遇漂亮景點，女兒總指導妻和我擺出各式姿勢，或親頰，或相擁，或牽手，她就像電影導演，我倆則化身為男女主角。累了，就找個樹蔭或涼亭休息，雙眸看著百花怒放的美景，鼻子聞著飄過的清爽花香，嘴巴也忙著品嘗茶飲及誘人的甜點，全家沉浸在天堂般的氛圍，享受難得的天倫之樂。

之後，女兒選了一張妻依偎在我身旁、面帶燦爛笑容的合照，當作她與我的電腦桌面，讓為人父母者備感窩心。經過女兒適時的提醒，我也及時改變自己大男人的思惟，把家當作放「心」的地方，不少緊張衝突自然迎刃而解。

可妮做到了

南台灣夏日的午後，炙熱難耐，診間空蕩無人，只聽得到冷氣運轉的聲音。正想閉目養神，突然一位女孩衝進診間，劈頭打招呼：「莊醫師，您還記得我嗎？」正納悶之際，她突然笑說：「我是可妮啦！剛從美國回來，特地來看您。」

「喔，變漂亮了，真看不出來。」一邊聽她訴說新婚幸福生活，我的思緒不自覺拉回多年前的情景。

可妮的父親是我多年好友，我們每天清晨都相約到公園打網球，累了就坐在樹下喝茶聊天，無所不談。五年前的某日，他突然臉色沉重，不發一語，追問之下，才知道女兒可妮在台南出車禍，醫師診斷為顱內出血、骨盆碎裂、全身多處骨折，經緊急開刀，已經送入加護病房，還未脫離險境。還好可妮一個月後順利出院，回家養傷。

頭一次探望可妮，她癱坐在輪椅上，頭髮剃光，臉部挫傷浮腫，腳被石膏固定，看起來頗為沮喪。

「可妮，可好？」我安慰。「還好啦！只是都要麻煩父母及朋友陪我復健，真不好意思。」

「復健要多久？」

「醫師說至少一年，我真不知如何熬過。」她黯然地說。

「要不然叔叔我有空就過來陪妳練英文會話，免得妳英文生鏽。」

「好啊！謝謝您。」可妮勉強擠出一絲笑意。

有一天，我注意到可妮的母親左手臂貼著酒精棉，臉色略顯蒼白，我關切地問：「大嫂，您不舒服去醫院吊點滴嗎？」

「喔，不是，我身體還好。」

「那怎麼？」我指著酒精棉問。「我應可妮的要求去捐血啦！她一直惦念開刀時輸入大量別人鮮血，急著想回饋，但現在復健中，體力未完全恢復，所以我就先代替她。頭一遭捐血，看到護士拿那麼粗的針，滿恐怖的。」

一年後可妮完全康復，不僅原諒了肇事者，更持續捐血助人，也主動到家扶中心為弱勢小朋友義務課後輔導。沒多久，她公司小開注意到她的愛心與善行，主動交往並結為連理，之後因丈夫業務關係移居美國。

曾有人說過：「受幫助而口頭言謝是消極的，積極地付諸行動，把那分曾受過的愛持續傳播下去，幫助另一個需要幫助的人，那才令人佩服。」當下看著可妮燦爛的笑容，她顯然做到了。

厚道結善緣

有天，和退休的鄞老師經過一棟豪宅，高聳的圍牆上布滿防盜鐵網與碎玻璃，四面八方裝滿監視器，大門緊鎖有如監獄一般。

感慨之餘，她提及小時候的住家是間寬廣的三合院，圍牆低矮，村裡頑童時常跳進來偷採庭園的水果，父母見狀不但不驅趕，還會提醒他們要小心，不要失足受傷。家中十一位兄弟姐妹，父母會交代老大負責照顧老么，老二照顧次小的，依此類推井然有序，所以長大後兄弟姐妹感情融洽，都能互相扶持。

以前沒有手機，裝設電話麻煩又昂貴，所以她家中的電話成為村裡的聯絡中心，每當遠方的親友兒女有急事，必會打電話到她家，兄弟姐妹還要負責跑腿傳話。有一回颱風來襲導致河川潰堤，滾滾洪水湧進村莊，低窪地區的茅屋大多被沖毀，因她家位於高處，父母急忙將大門打開，提供村民免費食宿，儼然像是一處大型避難所。

日據時代教育不普及，她父親還將客廳作為私塾，禮聘老師教漢字，不僅兄弟姐妹學習，也開放附近孩童上課，教材學費全免。農忙時鄉下人力不足，除了商請一組專業農耕隊駐紮在她家，忙完自家農事，也會幫村裡需要的農家收割；收成後的的稻米需馬上曝晒乾燥以利保存，有些農民會來借用她家庭院，父親皆來者不拒。

鄞老師的母親是位傳統女性，每當縫紉刺繡或是包粽子、做年糕，總會召集兒女們邊做邊學，直到熟能生巧為止。尤其過年時蒸年糕，從選米、洗濯、放入石臼磨成米漿，然後倒入蒸籠，置於大灶上，再以乾燥稻稈為火種，加上枯枝廢材生火，並得隨時在一旁照顧，期間不得離開廚房一步，總是忙得汗流浹背，徹夜未眠。

不過，這也養成她刻苦耐勞的精神，雖然生於富貴之家，不曾飯來張口，茶來伸手，沒有一絲嬌氣，婚後柴米油鹽醬醋茶樣樣難不倒，相夫教子其樂融融。

如今，鄞老師的兒子當了醫生，遠至都會區開業，但無論如何忙碌，每晚下診後必抽空打電話向雙親問安；特別的日子，一定安排到餐廳吃飯或陪伴旅遊，遠嫁美國的女兒孝心亦不遑多讓。

星雲大師曾說：「福報，總是降臨給厚道的人。」從鄞老師身上，可得明證。

患難見真情

成仔是我多年好友，也是網球的好搭檔。雙打時，他打後排，我負責前排，勝率很高；倒不是我倆的技術有多高超，而是默契十足，得點時互相擊掌鼓勵，失誤時亦鮮少厲聲責難。兩人認識超過三十年，其中成仔陪我度過困頓的一段鮮明記憶，讓我永難忘懷。

二十多年前，妻小移民紐西蘭，只有我一人獨自留在台灣，照顧年邁父母。家父晚年罹患癌症，為了周全照顧，孝順的大哥大嫂接父母移居台中，有天下午，突然接到兄長來電：「爸爸已呈彌留狀態……」聽此惡耗，腦袋當下一片空白，不知所措。

還好，依稀記得成仔曾提及：「萬一令尊有何差錯，你一定要即時通知我，太太女兒都不在身邊，一個人開車危險，慌亂中會出錯。」當下拿起電話，撥通成仔手機：「成仔，家父……」不待話說完，從我悲傷無力的語氣中，他馬上理解：「莊兄，不要慌張，待在診所。我人在高雄，馬上調頭開車接你去台中。」

約莫三十分鐘後，我已在往台中的高速公路上，當時雷雨閃電交加，烏雲密布，恰似我落寞的心情。

「累了就閉目養神，到了我會像鬧鐘那樣叫醒你。」他不改體貼幽默個性。

「我怎麼睡得著？腦中浮現的盡是嚴父的身影……喔，對了，你剛才去高雄做什麼？」

「沒什麼大事，幫女兒搬家。」

「搬完了？」

「哪有那麼快，接到電話，我就吩咐她自己叫計程車。」

「那怎麼好意思！」

「哎呀，老朋友了，別客氣！」他一派輕鬆地回答，沿途就這樣天南地北聊了起來，陰鬱的氛圍因而緩解不少。

到了醫院，衝進病房，很遺憾家父已撒手人間，見不到最後一面，只得忍著悲痛跪地和兄弟、妹妹一起誦經，靜靜地送父親最後一程。

結束時，已是午夜時分，精疲力竭起身，只見成仔迎面而來：「夜深了，診所應該還有很多事情待你處理，我現在載你回屏東。」沒有一絲不耐，只有真誠陪伴。

我很贊同哲人曾講過的一段話：「安慰並非抹去不舒服，而是陪伴一個人好好品嘗當下的挫折，察覺身體的感覺，從中找到隱藏其中的意義。」當下，成仔撫慰人的話語不多，卻默默地以實際行動陪伴，這友情永植我心中。

肆——傳遞善緣

愛與謙遜

昨天《聯合報》報導單國璽樞機主教因癌細胞轉移，動完腦部手術後返家的消息，我感觸良多。單樞機生命告別之旅講了數百場，但他「行」的部分更讓人敬佩。

我因免費為屏東萬金隱修院修女們看病，而認識單樞機。我不是天主教徒，但他生活中自然流露出關懷進而愛世人的情操，令我佩服。單樞機當高雄區主教時，在杉林鄉買了好幾甲地，想建設為真福山園區，內有安養院、育幼院、修女院及山地青年輔導中心等。沒想到颱風重創山區，中央為了水土保持，限制山區大型開發。單樞機憂心之際，有人建議「蓋了再說」，「不行！天有天法，國有國法，什麼事情都要遵守法律，我絕不能帶頭違法。」還好當時的楊縣長召集各科處主管，擬出合法又可行的計畫。

為何將安養院與育幼院蓋在一起？他說：「安養院的老人有經驗，有智慧，只是年老力衰；育幼院的孤兒天真無邪又有活力，只缺教養。我希望老人與孤兒生活在一起，能互相學習，彼此幫忙，日子應該比較好過。」

單樞機帶我們參觀真福山園區，並請我們吃飯。我們請他坐主位，他堅持不肯，反而坐在最卑微的位子，為我們上菜。席間，他如常起身為我們夾菜，還笑著說：「這樣我自己就可以少分一點，達到減肥目的。」

我每天清晨運動前，習慣繞公園一圈，順便撿垃圾並加以分類。單樞機知道後，跟我說：「我在花蓮當主教時，早上起來也是一邊散步，一邊將街道垃圾撿乾淨，咱們的職業曾經一樣耶！」

病人多時，我看診難免心浮氣躁，尤其遇到所謂的「奧客」，血壓甚至會飆高。單樞機勸我：「何不轉個心念，把每個病患當成變裝後的耶穌，他難得來看你，好好醫治他，你必有所得。」

前幾天下雨，我打電話問單樞機下雨天做些什麼事？「利用時間做化療。」「化療不是主治醫師決定的嗎？怎麼由您作主？」「我不是個好病人，我有不少演講，有時又要接待外賓，化療後，會拉肚子，全身虛脫，做事不方便，所以利用雨天空檔之際做化療，順便在家休息，這叫做『彈性客製化』化療吧！」他在電話那端笑答。但願大家一起為他祈禱，安然度過人生另一道關卡。

有空再聊

早上，兩位看似國中生的姊妹進入診間，坐定位後，我好奇問：「今天星期四，不是例假日，妳們該上課吧？怎麼有空來看診？」「喔！因為學校上星期日，師生犧牲假期，返校辦活動，歡慶校慶，所以今天補假。」乖巧的姊妹異口同聲回答。「那妳為什麼陪她們來？女兒都那麼大了，也該獨立了。」我輕問旁邊帶著笑臉的年輕媽媽，「我是個忙碌的職業婦女，平常早出晚歸，陪她們的時間本來就不多，難得元旦有三天年假，我特地提前向公司請一天假，看診後直接開車載她們去台南玩四天，希望能避開塞車與人潮，現在若不陪，以後上了大學，女兒只會顧男友，不甩老媽了。」詼諧的說法，瞬間將我的思緒帶回三十多年前，剛開業的情景。

那時，整個鎮只有我一位眼科醫師，生活緊張又忙碌，清晨天還沒亮，不是趕到東港釣魚，就是到公園打網球，八點門診至中午，簡單吃個飩，下午兩點半至六點，繼續門診，六點至七點半排刀，之後夜診到九點半，忙得不可開交。記得有一天，母親在早餐時想跟我聊家常，我隨即沒給好臉色打斷：「媽！您沒看到診所那麼多患者，有的疼痛，有些模糊，等我治療，我哪有美國時間？有空再聊！」倉促又略帶不耐的口吻，讓慈母無奈閉了嘴，之後靜靜地在旁不發一語陪我吃完飯，至今憶起，我還真忤逆不孝。

有人形容：「值班醫師只能看到兒女躺著的長度，因為清晨起床，他們還在睡，深夜回家，他們早已入睡，所以大部分時間看不到他們的身高。」有回大女兒代表班上參加全校朗誦比賽，妻女央求我撥空參加，我以門診忙碌為由，一口拒絕，結果她拿了冠軍。我的好友，也是女兒同學的父親，忙裡偷閒參加那場盛會，事後一直誇讚女兒台風穩健，口齒清晰，有其父大將之風，說得我懊惱慚愧萬分，因為自己是位缺席又不盡責的老爸。

現今各行各業，在高度競爭之下，大家忙、茫、盲，美學教授蔣勳曾解讀：「忙是心靈的死亡，不見得是事情多，更多的原因是對周遭的東西沒感覺。」錢，再賺就有，工作，再找就有，但親情一旦錯過，再也不回頭，但願自己的前車之鑑，能讓他人有所借鏡。

不曾少過的米

小學時，國語課本有篇文章，提及兩個貧困的兄弟，大哥娶妻後，擔憂單身的弟弟沒有足夠存糧，於是利用夜晚搬些米放進弟弟的米倉；而弟弟想到哥哥成家後食指浩繁，也偷偷將米運進大哥的倉庫。

多年後，在一個月黑風高的夜晚，兩兄弟不期而遇，看到對方都背著米，才驚覺自己的米袋其實不曾少過，兄弟倆相擁而泣。

這種同理心，今日也發生在我的診所。

多年來，我都會買些米放在診間，送給低收入戶或有需要的患者。當初只是看到很多老農民，年輕的兒女大都出外到都市工作，且一整年辛苦耕耘，卻常因颱風的摧殘所有心血皆付諸東流，心想著幾袋米或可救急。一段時間後，碾米廠的黃老闆得知米的用途，更主動降價打對折。

以往，一星期通常叫個二十餘袋米就足以應付，卻沒想到，最近庫存不減反增。納悶之餘問了負責掛號的護士，始知幾位面目慈善的婦人，每隔一段時間會默默拿些米來混置其中，然後悄悄離去。這種一心付出不求名利的大愛，實在令人感動。

前幾天，好友陳兄提及，其伯父日治時期在枋寮偏鄉行醫，仁心仁術，病人絡繹不絕。

有一天，一位連續幾個月都沒有依約回診、罹患慢性病的患者，突然出現在診間。問其原因，患者面有難色，幾經催問後才吞吞吐吐地說：「老實說，您開的藥我吃了幾次，病情沒有多大的改善，所以我換到別間診所去看病，效果不錯。」

「沒有關係，那你就去那間診所看啊。」醫生溫柔的語氣，反而讓那位病患更加難為情。

「雖然有效，但那位醫生收費很貴，長期下來，我實在負擔不起。」患者的頭垂了下來。

「原來如此。那位醫生的醫術顯然比我高明，你應該繼續讓他看，至於藥費你不用煩惱，我替你出，不要讓病情惡化才最重要。」

從此，每當那位病人有需要，陳醫師總是二話不說，隨即伸出援手。也難怪當他往生時，全村村民個個如喪考妣。

這也讓我聯想到最近因疫情引起的口罩之亂，站在醫師的立場，假如大家能多一點同理心，健康的讓給慢性病或免疫力下降的病人、室外的讓給必須待在密閉空間的人，大家同舟共濟，相信台灣這座美麗的寶島，必定能變得更美好！

老友不老

陳大哥是我的老友，雖已高齡八十二，但體力、精神一如少年仔，每天笑口常開，不曾見他生氣，一點都沒老樣。

有人送我一盒手工現做的鳳梨酥，拿了一塊與他分享。當下見他吃得津津有味，但奇怪的是只吃一半，我關心地問：「不好吃？不合你胃口？還是胃腸不好？」

「不是啦！這麼好吃的東西，想拿回家讓老伴嘗嘗。」

這溫柔體貼的舉動讓我大為感動，「不用啦！我再給你一塊帶回去，儘量吃，不用客氣！」

陳大哥的體貼不限於妻子，很多待人處事都值得我學習。

他的父親是位中醫師，育有十一位子女，老大、老二聰穎過人，都考上醫學院然後留美，唯有他留在台灣當老師陪伴兩老，也儘可能到中藥鋪幫忙。

有一回他剛好買了新車，提議載父親去花東旅遊。高興萬分的老父親想邀好友同行，於是，他載了四位加起來超過三百五十歲的老人家暢遊花東，一路有說有笑。

回到家，他父親感慨地說：「這是我頭一次出遠門，見識了花東之美，還和老友相談甚歡，無拘無束。早知道，多生些像你一樣的乖兒子留在身邊，不要像你大哥、二哥太聰明了，所以飛得遠遠的。」

每天清晨，我會約陳大哥至公園打網球，他幾乎都比我早到。知道我有心血管毛病，還特地去野外採集草藥，晒乾後泡熱開水讓我喝；並不時提醒我運動後要多喝水，以免尿道結石。這種有如慈父一般的關懷，讓人窩心。

最近，陳大哥想在農地上種電，電力公司要求遷移上面的三座墳墓。他為此拜訪亡者後代，沒想到對方竟說：「當初是你父親答應讓我們葬在那裡的，墳墓又沒破損，為什麼要遷移？」客氣的請求，竟碰了一鼻子灰。

律師告訴他，既然是土地所有權人，就可以提起訴訟討回公道。陳大哥淡然回應：「死者為大，和氣生財，就算了吧。」這讓我想起清朝宰相張英所言：「千里修書只為牆，讓他三尺又何妨。萬里長城今猶在，不見當年秦始皇。」其度量，正所謂「宰相肚裡能撐船」。

陳大哥不只跟我學網球，還央求我教他英文。美國汽車大王亨利．福特曾言：「當你停止學習時，就是老化的開始。」所以陳大哥不曾老。祝福他永懷赤子之心，健康快樂，不知老之將至。

時時行善　處處慈悲

本想散步公園順便做環保，遠見一位身材高大，挺個啤酒肚，笑起來酷似彌勒佛的男子，提著兩大袋東西向我走來，近看始知是八十餘歲老友徐爸爸，趕忙向前招呼，坐定球場交誼廳後，他先拿出一袋早餐：「這兩份我倆邊聊邊吃，其他的則分享球友。」「讓您破費怎麼好意思，什麼風吹您來？」我好奇問。「多年好友，不要客氣，另外，重要的是……」然後緩緩彎腰吃力地從另一袋取出為數不少的迷你手電筒，「這些麻煩分送給你認為需要的老患者。」「為什麼？」我一臉不解，「前幾天全台大停電，頓時周遭漆黑一片，伸手不見五指，我摸黑想走出家門，不慎踢到桌腳，差點跌倒，才驚覺老人家視力本已退化，身上應隨時備個 LED 燈，破曉、黃昏或夜間視野昏暗時可帶著出門，以策安全。」他一臉誠心讓我感動。

這讓我想起上個月，一位穿著樸實，年約四十的中年婦女帶著稚子，沒敲門直接闖入診間，「有什麼事？」我略帶不悅的高亢語氣驚嚇了她，「喔，歹勢，我想將這裝有泡麵、食用油與牙膏等日常用品的十個袋子，放在候診室愛心米旁，分送清苦人家。」「為什麼？」錯怪別人讓我口吻變得柔和，「醫師，你有所不知，十幾年前，我打零工入不敷出，每次來看診，你不但不收費還主動送我一包米，如今我嫁了人，漸入佳境，有了小孩，家境也趨小康，今天特地帶一對兒女親自登門致謝，順便也教他們『滴水之恩，湧泉以報』的道理，希望能將愛與關懷傳承至下一代。」

其實助人，隨時隨地都可以做。記得多年前移民紐西蘭期間，在偌大高爾夫球場，常見一老人隨身攜帶潤滑油，聽到老舊推車出現吱吱聲，不管熟識與否，總會趨身彎腰往輪子的齒輪噴，問其原因，他笑說：「整個球場清風徐徐，蟲鳴蟬叫，都是大自然和諧的交響曲，置身其中，身心舒暢，人為的噪音，聽來令人煩躁，潤滑油所費不多，換來幽雅環境的安詳寧靜，何樂不為？」

佛經有云：「布施有三種，財施、法施與無畏施。」只要用心，學習觀世音菩薩，用眼凝視，用耳傾聽，聞聲救苦，哪怕是一臉笑意，一句慰問，一行祝福，一個擁抱，都會讓受者感到一絲溫暖。

傳遞善緣

年初，女兒萱和葶陪妻與我至日本旅遊，萱從國中到研究所都在紐澳就學，已習慣右駕，葶則從小對日文很有興趣，所以聽、讀、寫皆難不倒她；兩女問我喜歡到何處度假和進行哪種消遣？我不假思索地回應：「只想去有山、有水又能泡溫泉的地方。」

於是，她倆找到一個位於日本西部、名為小松的地方，那兒有海邊漁人開的民宿，也有山林內的溫泉別墅。十天的自助慢遊，無須如旅行團趕行程，所以身心舒暢，收穫滿滿，期間和一位日人的邂逅，更讓我終身難忘。

其中一天的下午，妻與女兒到附近的藍莓觀光果園享受採果樂，我則獨自漫步於鄉間，途中遇一中年男子在門前整理花圃。他偶然抬頭，正巧與我四目相對，我笑著以英文打招呼，說了聲：「Hi!」他揚起嘴角，回以：「Good evening!」我相信人與人的每次相遇，都是前世久別後的重逢，所以之後相談非常愉悅。他羨慕我能在異鄉享受天倫之樂，問我們為什麼還在淡季來這個偏遠又冷門的地方旅行？「原因很多，但最重要的是恰逢兩女生日……」不等我說完，他隨即轉身進屋，我還丈二金剛摸不著頭腦，他已經拿出一瓶包裝精美的紅酒遞給我，並說：「Happy birthday!」

那瞬間，我感動不已，或許這也是日本美麗的風景之一。

今天，我的門診比起平日較為冷清，一位菲籍看護推著行動不便的阿婆進入診間。結束療程，我問菲籍看護來台灣多久了？她說來了一年多，但已換了三個老闆。「為什麼？」看她善良又貼心，我不解。「第一位老闆嫌我不懂台語，第二位時常騷擾我，我真的很認真工作，就怕現在的老闆又要趕我走，麻煩醫師跟老闆求求情，不然我在菲律賓的老家就要斷炊了。」

講著講著，菲籍看護的眼眶紅了。還好我跟她的老闆熟識，居中溝通後，雙方釋懷。臨走前，我祝她有個美好的一天，她笑著回應：「It's also my birthday.」二話不說，我拿出一盒甜點送她，看到她又驚又喜的表情，腦中浮起自己年初從日人手中收到禮物的那一幕。

德蕾莎修女曾說：「愛就是在別人需要時，看到自己的責任。」希望有朝一日，她亦能將此善緣傳遞，讓愛循環，生生不息。

鮮花抱抱

星期天坐高鐵北上，約女兒在台北高鐵出口處會合，等了足足三十分鐘始見她匆匆趕來，正想說她幾句守時的重要性，她即恐慌地解釋：「進捷運站前，看到一男子，目光凶狠又茫然，四處觀望，聯想到幾天前發生的捷運慘案，所以不敢入站，直等到不見他蹤影，才用跑的上車，真抱歉！」聽完，又見一組警察從眼前走過，人與人之間變得疏離與懷疑，讓我感觸良多。

昨天台北捷運又發生誤傳砍人導致乘客恐慌奔逃受傷的烏龍事件。顯然，捷運濫殺事件後迄今，大家仍然驚魂未定。

約六十年前，我出生於台北的新店，家住日式的木造房子，沒有鐵窗，沒有圍牆，有的盡是各個家庭間互相扶持，彼此分享。

我還記得當時健行或登山時，每走一段路就可見大樹或屋簷下陰涼處，木架上放著大茶壺，壺面寫著兩個紅字「奉茶」，周圍有幾個玻璃杯，旁邊擺著數張座椅，主人大都不見人影，但他一定清早起來準備這壺茶，只想讓汗流浹背走累的陌生旅人，適時解渴並休息片刻。沒人會懷疑奉茶是否衛生或放毒，每回我品嘗沁涼的奉茶，溫暖與感恩自然從心中湧出，這是人際間最基本的關懷與信任。

聽過一首歌，詞寫著：「天上的星星為何像人群一般地擁擠啊？地上的人們為何又像星星一樣地疏遠？」

曾碰到三個研究所高材生，他們皆高中同班同學，其中一位提及住在同一間宿舍的他們很少面對面聊天，有事都經過網路聯絡，甚至肚子餓了也懶得招呼，打個鍵盤問：「你餓了嗎？」「不餓！」「幾點吃飯？」「十二點半！」「好，就這麼決定。」大夥頭都不轉，嘴不曾開，面無表情繼續沉浸自己的虛擬網路世界。難怪有人說：「手機把遠方的人拉近，把旁邊的人推遠。」

經過捷運濫殺事件，大家變得不敢睡、不信任、不放心，還好吉他、鮮花、抱抱等不少正向力量及時站了出來，多少化解大眾的恐懼。校園也出現反省的聲音，東海呼籲「多走一步，多看一眼，多聊一句」，成大發信「追求菁英，是否忘了關懷學生？」

讓我們記取教訓，以愛撫平創傷，人與人之間不再築高牆，而應多造些橋梁，大家捲起袖子，伸出雙手，多關心周遭的人，用愛讓社會翻轉，變得友善。

三等公民與一流人物

年初的花蓮強震，令人怵目驚心，當無常來襲，如何把握當下，活出生命意義？張老師的退休生活，或許值得我們學習。

有些退休人士戲稱自己是「三等」公民，「等」吃、「等」睡、「等」死；五十餘歲退休的張老師，雖罹患高度近視與梅尼爾氏症，雙眼視力模糊，時常暈眩，卻一人身兼五間山區國小的音樂代課老師。問其初衷，只為了將音樂的愛傳承給下一代。

張老師年輕時在都會區教音樂班，錢雖賺得多，但壓力也不小；現在教山區小朋友，則是常常教到落淚，因為她看到學生的渴望與熱情。而為了配合她的理想，先生甚至提前退休，舉家遷至屏南小鎮。

剛開始，學校沒經費買樂器，她從教育部樂器平台募到不少樂器，自己調整修理。低年級教直笛、烏克麗麗等較簡單的樂器，高年級教鋼琴、小提琴，然後在畢業典禮時，集合各年級做個快閃表演。當各種樂器和諧悠揚的合奏響起時，大夥兒都睜大眼、豎起耳，直呼好聽。

有位小朋友，明明對音樂有興趣又具天分，卻突然中輟，不見人影，張老師不死心地追問其導師，始知他因為國語、數學不及格，不能上音樂課。經過她跟導師溝通並苦苦哀求，終於獲准放行，當下學生興奮得手舞足蹈，還緊抱住她。

另外一位六年級學生，學小提琴僅兩年，天賦異稟加上絕對音感，琴藝突飛猛進，張老師因而親自到家中說服學生父母，鼓勵他國中就讀音樂班。只是上學沒幾天，學生母親向其訴苦：「小提琴與鋼琴的一對一家教非常昂貴，我先生是卡車司機，載一個貨櫃才賺兩百，平常一天僅賺兩、三千，這樣下去，不破產才怪！」於是她打電話向教授極力推薦，不僅降低了授課費用，教授還收這學生為入門弟子，帶著他四處演奏。

山區留不住老師，因此每學期的最後一堂課，學生們都不約而同懇求：「張老師，請留下來，不要走！」讓她十分感動。除了教育，張老師她常常組團為安養院或育幼院義演，讓樂聲撫慰孤寂的心靈；更默默採集原住民古謠，希望將原住民傳統音樂推向世界舞台；她還有個夢想，就是再培養出另一個李泰祥，融合古典與流行音樂，引領時代風潮。

這樣的一流人物，退而不休，將愛留下來的老師，令人喝采。

運動即修行

二十多年前，我嘗試做這種運動，很簡單，不複雜，就是「拿起」與「放下」，如是而已。初始，如小偷般地總是將帽緣壓得很低，深怕別人認出我，漸漸我將目光轉移，面對自己，心情隨之釋然，最後從頭到尾，抬頭挺胸，迎面而來的人，常帶著笑臉熱情打招呼，些許成就感油然而生。這種運動不需教練，也沒固定招式，只要有心，不論老少，人人隨時可上手，一段時間後，保證身心健康。

所謂「德不孤，必有鄰」，最先陪我的是位李老師，個頭不高，稍嫌瘦弱，閒聊之下，始知他罹癌多年，曾參加讀書會，試圖尋找人生的意義。還記得他提及西方哲人的一句話：「Action speaks louder than words.」翻成中文類似「坐而言，不如起而行」，做中學一年後，安然過世。

第二位是英文林老師，剛好我對外文頗有興趣，所以我倆一邊運動一邊以英文聊天，上至天文，下至地理，人生大小事無所不談，他長我不少，從中我學到不少前輩累積的哲理。

第三位是個謝姓高中生，父親早逝，母親離家，他從小由姑姑帶大，有天來看病，見診間放置愛心米，想捐出口袋好不容易打工賺來的兩百元，幫助弱勢，這善念讓我動容，之後我教他英文與網球，閒暇之餘就伴我運動，其間半工半讀完成大學，現正攻讀碩士。

第四位是林先生，公路局退休，因教他打網球而認識，他具藝術天分，還特地把我運動的模樣照相放大，並繪成油畫送我，可惜不久得了肝癌，化療期間，身心俱疲，還撐著陪我做環保，令人敬佩。

現今是位余先生，吃素多年，前年其妻因淋巴癌治療多年，末期插管住進加護病房，看他終日眉頭深鎖，我以醫師立場建議適時放手，生死才會兩安，因此而成為朋友。

其實這種運動就是清晨右手拿長夾，左手拿桶子，放下身段當個清道夫，安步綠意盎然、蟲鳴鳥叫的公園，隨手將各角落的垃圾清理回收。過程中，將身體放鬆，心靈放空；寧靜裡，自己跟自己對話，從「拿起」與「放下」的動作體悟人生。如遇傾倒的樹木，即時扶正；如遇動物的屍體，就地在樹下挖個坑，將其樹葬，此種利己利他的運動，對我而言是種修行，我愈做愈歡喜，也感謝有緣相識一路相陪志同道合的好友。

老，需要學習

一般世俗的定義，滿六十五歲就叫做老，可以退休，告老還鄉，含飴弄孫了。但我認識的幾位老前輩，卻活得生龍活虎，快活自在，不輸年輕小夥子。

首先是位退休的賴校長，年約八十出頭，每天持續跑步十公里，疫情之前，還年年帶團出國自助旅行，跑遍歐、美、日各大景點。他自稱不支薪領隊，負責上網買機票、找旅館，僅會說簡單英文，卻已遊遍天下。

三年前，有幸和他至中部健行爬山，住的是最陽春的民宿，吃的是少鹽、少油的蔬食，登山過程，永遠追隨其後，因他健步如飛。他常說：「寧願在山上喘，不要有天在醫院喘。」其人生觀豁達，不避諱死亡，曾提及：「莊醫師，下次來寒舍，我一定開衣櫃讓你參觀。」

「為什麼？」我狐疑問道。

「親朋好友送我很多衣服，有些只穿過幾次，有些根本還沒機會穿，你看中意的就送你，不要客氣。要不然我一旦往生，沒人敢穿，跟我一起火化，暴殄天物，可惜！」

另外是位陳老師，每天清晨我們即相約至公園的網球場打球；下雨時，他甚至還能左手撐傘、右手握拍，跟我在硬地球場對抽，真所謂風雨無阻。

他也是我英文班學生，一邊打球、一邊練英語，認真的態度令人敬佩。他常自嘲：「我這個老腦袋，用了八十餘年，每次好不容易塞進一句英文片語，卻跳出〈腦袋〉兩個單字。」

我也笑著安慰他：「我這老師很善良體貼，考試時，只要單字的字母對一半以上、前後次序不拘，我都算及格。」惹得他開懷大笑。

他學英文的初衷是防止老人痴呆，其實我從醫師的角度來看，沒有遺傳病史，不抽菸、不喝酒，動手、動腳又動腦，得病的機率微乎其微。

年節的某天早上，一位看來七、八十歲的老婆婆，拿著兩袋自種蔬菜來公園叫賣，看她駝著背、白髮蒼蒼，滿臉滄桑皺紋，我好奇問：「您老人家過年期間為什麼不待在家享清福？難道子孫不孝或經濟陷入困境？」

她臉色一變：「子女孫兒們各個乖巧又有成就，這個除夕我就拿到了六萬多的紅包。他們都希望我休息，但我哪閒得下來，每天忙到都忘了生病。」然後笑得像稚子般燦爛。

汽車大王亨利．福特曾言：「當你停止學習時，就是老化的開始。」如何老得身心健康、老得讓人尊敬，這是初老的我正認真思考的課題。

公事包與聖戒

樞機主教單國璽捐出公事包義賣，為失智老人募款。看到那只陪伴單樞機二十八年的公事包，我想到他手上的聖戒。

因免費為萬金隱修院修女們看病，而認識單樞機主教。有一次修女提醒我：「有機會一定要吻單樞機手上的聖戒，天主會賜福給你。」我問聖戒來源？單樞機笑答：「我被冊封為樞機主教時，教宗賜給我的，但現在我戴的只是複製品啦！好幾年前，有一間教會辦安養院募款，摸來摸去，身上只有這聖戒是金子做的，值點錢，就脫下來義賣。沒多久，就以一百萬元成交，得標者還我；我又捐了出去，沒想到又募得一百萬，得標者又還我。既然賣不出去，只好捐給當時我任職董事長的輔仁大學，讓人觀賞並永久珍藏。現在的我，一無所有，一文不值了。」

李家同教授曾稱讚單樞機：「他沒錢財，但卻富有。」實在貼切。

單樞機看來嚴肅，其實內心柔軟又幽默。為替弱勢團體及隱修院募款，鎮代、救國團及我合辦園遊會。單樞機也來演講，並捐書共襄盛舉，當天所得十萬餘元，要送給隱修院，沒想到院長謙稱世上有比他們更窮的人而婉拒。

我向單樞機「告狀」，他認為修女應該收下這筆錢。我跟院長說：「單樞機『命令』我將善款送到您那兒！」沒想到院長回應：「我們這裡有位天主，他的名字叫耶穌，經過祈禱，天主認為我們已有很多恩人奉獻，所以我們不能接受。」再跟單樞機溝通。他笑稱：「樞機主教我只是地方法院院長，天主那號人物，是最高法院院長，既然如此判決，我們就認了吧！」之後，我以善款買些米請里長轉送給低收入戶。

朋友轉寄李家同教授的文章，寫到「天堂怎麼走？」我問單樞機看過沒？他說早就看過了，並反問：「你現在應該知道天堂怎麼走吧！」我答：「跟在您後面走準沒錯。」他幽默回應：「我已是八十八歲老人，你不要跟太近喔！」

「您如何面對死亡？該準備些什麼？」「死亡就像一個人獨自走過一段長長的幽暗隧道，剛開始會害怕，但只要心存正念，多行善事，我堅信死亡的盡頭，必有天主的光引領我至永生之路。至於準備，該吃飯時專心吃飯，該就寢時，好好睡覺，用心做好告別之旅演講。」

我不是天主教徒，但單樞機自然流露出關懷進而愛世人的情操，令我佩服。

母親的保險箱

最近整理房子，找到一只母親留下來的保險箱，外表看來樸實無華、年代久遠，且已斑駁生鏽，看來就像塊廢鐵，毫不起眼。找不到密碼，只好請求工人撬開，沒想到裡面沒任何金銀財寶或值錢的文件，只靜靜地躺著一個褪色紅包與泛黃薪資袋。

這使我憶起過世的母親，身材瘦小、身高約一五〇公分，卻秀外慧中、聰穎過人。她從小生長在一個賣草繩的家庭，身為長女，不僅要幫忙家計，還得照顧五個弟妹，日治時代，沒餘錢付學費，只得一路公費苦讀至台北女子師範學院。嫁了服務公職的父親後，為了補貼家用，自修藥理，在小鎮上開了間藥房，忙得不可開交。

我小學的課業，母親先責成大哥教，沒幾天我就哭訴：「大哥說我反應遲鈍，算術教了好多遍都不會，還用鉛筆打我的頭！」只好要求個性溫和又有耐性的二哥接棒，沒想到二哥也教不下去，理由很簡單，一個字：「笨！」

不得已，母親只得把我帶到藥房，找了一張折疊式的小書桌放在角落，一旦有空，就急忙坐在我旁邊，國語一字一字慢慢念，算術一題一題好好教。照她的說法，胡蘿蔔比棍子好用，從簡單到複雜，以稱讚代替斥責，好不容易把我的成績拉了上來。

那個時代，莊家很希望出個醫生，偏偏我從小看到血就臉色蒼白，母親見狀，鼓勵我：「老天讓你來這世間，註定就是要當醫生！」

「為什麼？我沒興趣。」

「媽媽年輕時，身體極為虛弱，體重掉到四十公斤，吃不下飯又拉肚子，找遍名醫，皆診斷為胃下垂，中西藥皆枉然。說也奇怪，懷了你之後，症狀漸漸改善，不藥而癒，醫生也說不出確切原因，推測可能是你把子宮撐大，順便將媽媽的胃向上頂到正確的位置。」

雖然只是醫生的猜測，但這個故事，卻引導勸誘我走向學醫之路。記憶中，母親一生鮮少疾言厲色或處罰孩子，「愛」與「陪伴」的教育方式，讓性情頑劣甚至逃學的我受益良多。

想著想著，最後定神一看，紅包上面寫著「葉曙教授病理獎學金」，這是各醫學院病理科學年成績第一名才有的殊榮；另外那白色紙袋，則是我利用暑假到建設公司打工第一次領的薪資，屈指算來已四十餘年，可想而知，它們在母親心中有多重要。

假如有個保險箱，你想珍藏些什麼？財富？名譽？親情？友情？或單純兒女們的孝心？值得深思。

一位教育者的身影

一個烏雲密布、傾盆大雨的下午，張校長緩步進入診間，雨水順著褲管滴下，卻仍面帶笑容說：「莊醫師打擾了，我可以將這些米置於診所，送給低收入的病人嗎？」

「不用啦！我這兒早有些善心人士共襄盛舉，買了不少愛心米，足夠了！」

「這些米不一樣，他是由敝校學生親自跪著播種、彎腰插秧，最後流汗歡呼收割的有機米。雖然醜了點，賣相不佳，但誠意十足，還請多多包涵。」一客氣謙遜的態度，讓我難以拒絕。

算一算，一共十二包五公斤的米。「要不然，我放在這兒義賣，所得送給貴校做急難救助基金，這樣好嗎？」我靈機一動，出了個主意。

「這也不錯，學校位處崁頂偏鄉，有很多外配或單親家庭需要幫助。」我倆握著手相視而笑。

剛好當時沒有病人，經過一陣寒暄，始知張校長為了讓學生深刻了解農夫「鋤禾日當午，汗滴禾下土，誰知盤中飧，粒粒皆辛苦」的日常，特地租了學校旁邊一塊農地，利用課餘時間請專業人士指導耕作。經過約四個月的用心照顧，才有了今天的收穫。部分的米已由參與學生帶回家享用，剩下的就送給附近貧困家庭。張校長說，這就是所謂的「食農教育」。

「課堂上，老師賣力教，學生不一定聽得下去，還不如帶他們親自到田裡耕種，晒過太陽、淋過大雨後，印象定更為深刻。胡適先生說過『要怎麼收穫，先怎麼栽』，就是這個道理。」張校長娓娓道來，讓我欽佩不已。

「這就是『坐而言，不如起而行』的道裡。小時候，每逢寒暑假，父母都會催促我到山上祖厝，幫祖父剪枝、除草。如今我當了醫師，才因此對於農夫、病人有同理心，想要進一步幫助他們。」我極力附和。

去年日本新冠病毒肆虐，張校長向師生、家長會募集了五千片口罩，送給姐妹校櫻花高校，被譽為教育版的「Taiwan can help」。沒想到，今年台灣疫情急轉直下，姐妹校亦湧泉以報，回送了六千片口罩，並附上一張「山川異域，風月同天，交流三代，友情永遠」的卡片，讓張校長感動不已。

學校教育成功與否，主事者的前瞻決策與積極作為占有關鍵地位。而除了德育以外，該校今年學測成績在全縣名列前茅，智育亦有口皆碑，也難怪少子化的今天，有些學校再怎麼廣告也招不到學生，張校長的學校卻人滿為患，學子趨之若鶩。教育者的用心，家長都是看得見的。

鮮為人知的一面

亦師亦友的單國璽樞機主教，將於九月一日安息於高雄天主教墓園。他辭世後，全國各大媒體競相報導他慈悲、謙遜與樂於助人的一生，甚至遠在梵蒂岡的教宗也同聲一嘆。

認識單樞機兩年期間，我曾安排他至潮州及高雄扶輪社演講，也陪他到偏遠的牡丹鄉義診，並一起募款幫助台中罹患漸凍症的原住民女孩。平常門診空檔，我也把握時間，拿起電話向他問安並請益，過程中，觀察到單樞機鮮為外人所知的一面。

去年，我邀李家同教授來潮州演講，單樞機知道後，要求親自到左營高鐵站迎接，周遭朋友皆認為不妥，他老人家年近九十又罹癌，哪有長輩迎接晚輩的道理？為此我力勸他留在家中，單樞機卻堅持：「李教授是我多年好友，世上沒有年紀長幼、職業高低之分，在天主面前，人人平等。」

有一回聚餐，我提到隱修院修女吟唱聖歌，有如天籟一般，聽了讓人如痴如醉，單樞機當下就決定親自前往萬金教堂主持一場彌撒，請修女現場再唱一次。

不過就在彌撒前夕，他患重感冒，咳嗽不止。「順延一週吧！」我提議。「不行！做人要有信用，答應了，就要做到。」他仍堅持。

當天主持完彌撒，單樞機拖著疲憊的身軀趕回高雄，妻和我陪他坐後座，為了讓他多一點空間休息，我刻意將身體挪向太太那邊，他見狀立即將我拉回中央，直說：「那樣不妥，莊太太會不舒服。」

單樞機常敦促我寫些文章投稿，藉報社提升社會善的力量。我遲疑許久不敢提筆，他以自己的經驗鼓勵我：「我們不是偉大或暢銷的作家，不需華麗繁雜的詞句，只要心靈被感動的剎那，當下就提筆化為簡單順暢的文字即可。從作者內心深處流出，必將流入讀者的心中。」之後，單樞機每看到我的文章上報，就主動打電話恭賀，讓後輩的我備感溫馨。

單樞機生前非常環保與節儉，他曾婉拒出版社出版任何有關他的書籍，只因出書會砍掉不少優質樹木。他寫文章很隨興，靈感一來，用過的紙張反過來就是他的草稿紙，能用的、能回收的，絕不浪費。

在我看來，單樞機就像小孩般地平凡又簡單。他在生前最後一篇文章的結尾引用《聖經》裡的一段話：「你們若不變成如同小孩子一樣，你們決不能進入天國。」

有人說過：「簡單的事，做久了就變成不簡單；平凡的事，做久了就變成不平凡。」祈願單樞機一路好走，安息主懷。

人生該留下什麼？

年輕時，一位老中醫師問我：「你知不知道哪種中藥最苦？」我毫不猶豫回答：「那還不簡單，啞巴吃黃連，有苦說不出，應該是黃連。」他老人家直搖頭笑說：「不對！是人蔘。」

「為什麼？」我丈二金剛摸不著頭緒。他說：「老弟，你歷練還不夠，『人生』真的很苦。當你白髮蒼蒼、齒牙動搖之際，自然就會了解。」

如今自己邁入初老，回想起這雙關語冷笑話，才終於了解它所蘊藏的哲理。

前陣子拜訪朋友，剛好其父也在場，禮貌性地問候：「近來可好？」沒想到他垂頭哀嘆：「唉！吃了那麼多年，還不會死。」聽完不勝唏噓。「餘生很貴，不要浪費」，在體力、精神尚可的耳順之年，該做些什麼事？人生這趟旅程該留下些什麼？所謂「生不帶來，死不帶去」，但我們絕對可用自己的生命影響他人生命，讓真善美傳承下去。

旭日還未升起，我已在公園運動。打了二十餘年的網球，多少有些心得，只要有菜鳥想學，我都免費指導。

看他們的技巧從生澀到熟練，身體從虛胖到堅實，自覺很有成就感。

打完球，我習慣拿支長夾在公園散步，眼看高聳大樹綠意盎然，耳聽蟲鳴鳥叫身心舒暢，順便將沿路礙眼的垃圾清理乾淨；若旁人看了也想跟著做，就直接把工具送他。於是，環保義工變多了，公園變得更加清新幽雅。

之後，跟好友圍桌泡茶、聊天，休憩片刻。期間有人提及想學外語，我毛遂自薦開了英文會話班，屈指算來也已教了近三年。學生的年紀都比我大，從最基礎的發音教起，到如今個個朗朗上口，我為他們感到高興，至少不會罹患老人痴呆症。

其實教學的過程中，我得到更多，因為老學生的生活閱歷非常豐富，有的是退休老師、修車師傅，還有一位老牙醫師，他們不時與我分享過去的美好回憶，感動、詼諧、悲傷、歡樂，多采多姿、應有盡有，也成為我日後寫作的素材。

接著回到診所，開始一天忙碌的看診，用心照顧好每一位病人，這是我的目標，也是日常。

人生就像一趟火車之旅，一出生，父母給了我們一張單程車票，送我們上車。沿途遇到的乘客都是有緣之人，有人給我們歡笑，有些卻讓我們受苦。

感謝老天，賜我清明的頭腦與健全的身心，如何轉念並圓融處理這些人際關係，儘量成為別人的貴人，正是當下我要面對的重要課題。祈望下車的那一刻，能讓仍在車上的旅客懷念。

每天當最後一天

因緣際會認識天主教樞機主教單國璽後，我常利用診所空檔之際，與他電話聊天。從小就不喜歡讀書、逃學無數的我，是當時老師眼中的問題學生。人生經歷多次轉折，如今當了醫師，面對病人的生老病死，感觸良多。日常生活遇到不解之處，自然就討教良師益友的單樞機，每次總得到父親般親切的答覆。昨天是他老人家九十大壽，我稍加整理其中印象深刻的對話，讓社會大眾了解單樞機鮮為人知的一面——智慧、仁慈與幽默。

我曾問：「我至今仍不是天主教徒，如何祈禱？」單樞機說：「天主的回應大都是看的，而不是聽的。你每天在公園當環保義工，撿垃圾必須彎腰，種樹苗自然就須跪在地上，這都是一種敬天的表現。你也參加義診，照顧弱勢，

《聖經》上說：『凡為我最小弟兄做的，就是為我做的。』只要持續保持善念，做善事，天主必聽得到也看得到，不必刻意。」

我請教「如何面對死亡？」他說：「很多人忌諱死亡，懼怕到甚至稱為『死神』。我講個歷史故事：以前羅馬有位若望保祿二十三世教宗，因年事已高，病入膏肓，全國最好的醫師群費力地從鬼門關將他搶救回來，他回神後第一句話就是『死亡妹妹牽我的右手，小天使牽我的左手，正快樂地將我帶向天堂，唉！醫師們，你們怎麼又把我拉回來呢？』死亡隨時會來，將每一天視為人生的最後一天，積極生活。人生好比舞台，每天彩排死亡劇本，一旦無常到來，你才會自在無懼地迎向它！」

一般人印象中的宗教事務繁瑣且嚴肅，我問單樞機可曾碰到什麼逗趣的事情？他說：「嚴肅歸嚴肅，該輕鬆的時候也該放鬆。我有個關於姓名的趣事：台灣有三位主教同時姓劉，有次開會我叫『劉主教』，三位都分不清楚。後來我笑說，這樣好了，年長的稱『大劉』，次長的叫『二劉』，最小的就是『三劉』，三位皆反對。要不然改成住北部的稱『上劉』，中部的叫『中劉』，南部的自然就叫『下劉』，不知各位意下如何？眾人聽完大笑，開會的氣氛也變得特別融洽。」

有一次，我關切地問：「單樞機，電話那頭的聲音，今天特別虛弱，怎麼了？」「不瞞你說，我肺癌有復發的跡象，主治醫師又加了另一種抗癌藥物，吃了會噁心，瀉肚子，全身無力。我已是『老廢物』一個，既然天主旨意如此，我全然接受，只祈求加諸於我的痛苦，能換得天下蒼生些許的平安。」

行善　上天知道

翻閱報紙，總會看到不少義工無怨無悔地照顧一些弱勢團體，默默付出不求一絲回報，在這冷漠的時代，有如一股暖流溫暖人心。這使我想起了大姨媽，也希望「善有善報」這不變的因果，能降臨所有行善的義工身上。

大姨媽平常樂善好施，親戚好友、街坊鄰居有任何困難，她必鼎力相助，對自己的兒女亦復如此。有一回，我看她拖著老邁的身軀，吃力地擦洗整理小孩的房間。

「孩子最近要回來看您喔？」我隨口問。

「對啊，小孩房間久沒住人，有很多灰塵，趁天氣好，趕快清理。」

「您又不是沒錢，請個人做不就得了，何必讓自己那麼累？」

「我這把年紀還能動，是種福氣。況且這樣，他們才感受得到母親的愛。」

大姨媽非常慈祥，子女個個事業有成，有的是大學教授，有的是公司經理，只可惜因為工作的關係都遠住中北部，難得回家。八十餘歲的大姨媽與姨丈，兩老孤伶伶地住在鎮上，她常感嘆，為什麼兒女都如此優秀，以致不能在她晚年時時陪伴身旁。

因為大姨媽有高血壓及慢性阻塞性肺炎的毛病，所以我都會抽空替她量血壓、測脈搏。大姨媽是個虔誠的佛教徒，常當面感謝我的醫療照顧，我則推說這是緣分，可能上輩子她是醫生，我是受她照顧的病人。每談及此，她只是笑笑，其實我也不知道，我和大姨媽的緣分為什麼那麼久又那麼深。

直到有一天中午，大姨丈突然打電話給我，催促我趕快過去。只見大姨媽口吐白沫已說不出話，且半邊手腳無力，很明顯是中風的徵兆，我急忙聯絡救護車，一路陪她到加護病房。還好發現得早，一星期後安然出院，沒有留下任何嚴重的後遺症。

回家療養的大姨媽身體仍很虛弱，因此遠嫁台北的大表姐特地返家照料。前幾天，我一如往常去看大姨媽，大表姐非常客氣，一見面就直跟我道謝，說要不是我在身邊，情況可能不會這麼樂觀。

我說：「不要客氣，只是碰巧人在附近，我又正好是個醫生而已。」

沒想到，大表姐卻堅定地說：「這絕不是湊巧，這是上天安排好的！」

我不明其意，追問之下她才告知：「不瞞你說，我在台北市社會局擔任義工照護無依老人多年。我每天照顧著別人的父母，同時在心中默默向觀世音菩薩祈願，假如我有什麼功德，請回向給遠方的父母，保佑他們身心健康。從我媽進急診到住院一路順利平安來看，我堅信，菩薩在關鍵時刻回應了我的祈求！」

下輩子還要當您的兒子

小學寫作文，題目如果是「我的母親」，我通常參考範本，套上所有可用的成語——和藹可親、秀外慧中、溫柔婉約等，肯定得高分。如今母親過世，自己也當了父親，在中年時刻寫下此文，只想重溫母親在我內心深處的溫馨印象。

家母很聰慧，日據時代畢業於台北師範，她的成績足以上日本女子醫科大學，無奈家境困頓，不足以負擔龐大學費，只得忍痛放棄學醫念頭，但她夢想的實現卻寄託在兒子身上。

小時候，我每見血就嚇得直發抖，退避三舍，但母親卻持續灌輸我是做醫生的料，問其原因？她都不厭其煩地說出以下故事——母親常年患有嚴重的胃下垂（當今醫學認為只是解剖學上的異常，而非病變），食不下嚥，體重一直下降，看過中西醫都未見起色。說也奇怪，懷我之後，她即不藥而癒，分析之後，她堅信是因懷孕導致子宮變大，造成下垂的胃受擠壓而提升至正常位置，所以治癒她宿疾的醫生自然是胚胎的我。

母親有顆善良的心，小時候，我一直想不通為什麼黃昏時總有一位駝背菜販挑著已凋零的菜出現在門口，見此，母親二話不說照單全收，縱使早上已買了不少新鮮蔬果，追問之下，才知道賣菜老翁家世坎坷，買菜兼助人，何樂而不為？多買的菜，母親撿能吃的吃，剩下枯萎的菜就拿去餵雞，絕不浪費。

小一時，我身材矮小，跟出穗的稻子一般高，偏偏住家和母親租屋開藥房之間有段距離，想找母親就得走過一大片稻田及一條鐵道與公路。母親遠遠看不到我，為了安全，一再叮嚀：「到鐵道旁必須完全停下，使盡力氣大叫一聲『媽』！」母親聽到後，無論多忙，必定丟下手邊工作，帶著微笑衝向我，然後大手牽小手，左顧右盼，小心翼翼穿越鐵公路。

母親當時放棄教職，自修中西藥理，開藥房全然為了興趣與就近照顧五個幼兒。藥房生意很好，但她總利用空檔檢查並複習我的功課，我小學一、二年級的成績名列前茅，她的教導功不可沒。

上了醫學院，母親一直鼓勵我利用寒暑假打工，我當過家教、加油工、罐頭廠品管員、木材廠搬運工，她除了要我自食其力外，也希望我親身體驗低層勞工的辛勞，有朝一日穿上白袍，才能苦民之苦，視病猶親。

母親去世後，我整理她的房間，無意中發現抽屜裡還珍藏著我第一份打工所得的薪水袋，當下感動不已。「子欲養而親不待。」懷念之餘，祈盼下輩子還能再續母子緣。

好友趣事

老友黃兄前陣子提及：「每天清晨起床，夜深人靜之時，蹲在馬桶上，腦袋總不經意浮現一些好友的往事，此時嘴角總不自覺的微微上揚。」再加上自己已邁入初老，醫學院百位左右同學，至今已往生六人，種種因素驅使下，我有空就把握時間，拿起電話跟失聯多年的好友問安話家常，每次接通，不待我介紹，對方總會從我口音驚喜地脫口而出：「莊兄，好久不見……」顯然他們還未忘記我，話匣子就這樣打開，久久不能停止。其中幾位，讓我印象深刻，值得提筆，付諸文章，以茲紀念。

首先是游江兩位高中同學，當時家父從台北調職花蓮，我只好插班進入花蓮中學，當時人生地不熟，有一天母親吩咐我到市場買魚，等紅燈時，巧遇他倆也騎自行車經過，一陣寒暄後，始知他們準備前往太魯閣郊遊，並熱情邀約我一同前往，徵得家母同意，三人一路上有說有笑，到了目的地，找個溪邊樹下，三個小大人，手忙腳亂，找柴生火，就地野餐，好不愜意，游兄驕傲地用新買的相機，全程取角度擺姿勢，隔天我們三人到照相館取相片，老闆笑著說：「你們照得太精采了，我洗不出來！」為什麼？我們三人不解，「因為相機裡沒裝底片啊！」此時，游兄才恍然大悟，三人相視大笑，所以雖沒相片，但當天的友情活力與笑意，卻永遠烙印在腦海永難忘懷。

另一位是移民紐西蘭認識的蔡醫師，我倆都熱愛高爾夫球，紐國風光明媚，球場不少，價錢也便宜，所以每天相約打球，為了提高興趣，我們比逐洞賽，每洞輸的人要送對方一顆球。記得有一回，打到最後一洞，太陽西沉，天色已暗，為了比出高下，十八洞打了五、六回才分出勝負，兩個中年大叔就像小頑童般，為了一個小白球，爭得面紅耳赤，互不相讓，回家的路上，月已初升，群星閃爍，到了家，都被太太念到臭頭，二十年前的陳年往事，聊及此事，兩人都互指對方，捧腹大笑。

曾看過一則寓言：「兩位朋友，相約穿越沙漠，到遠方做生意，途中為了件小事發生爭吵，A君氣憤之下打了B君一巴掌，當下的B君就找了枯枝在沙上記錄委屈，沒幾天，B君意外陷入流沙，危急之際，A君奮力將其救起，B君隨即找了支鐵棍，在堅硬的岩石刻下A君救命之恩。」我很慶幸，交了不少知心好友，朋友相交，就該如寓言所示，寬容無心之過，就像沙子易被風吹散；謹記救急之恩，如同堅石刻印永難磨滅。

生命的最後

跟樹仔兄聊天，是件很愉悅的事情，他年已過七十，但身心健康，歸功於平日養成公園慢跑的習慣。他出生貧寒，年輕時在一家冬瓜糖工廠打工，愛上一位心儀女孩，論及婚嫁時，對方父母堅持不同意，原因不外學歷低又沒經濟基礎，據他說，費了九牛二虎之力，請了六位媒婆，最後才謊稱肚子已有愛情結晶，才勉強促成這門婚事。

婚後為了養家，他離職去學泥水工，認真的學習態度，贏得工頭的信任與讚賞，再加上待人以誠，結交其他相關的裝潢與水電工，最後自己當老闆，包工程，經濟始漸好轉。太太也沒讓他失望，開了間美髮院，夫婦倆相敬如賓，一個兒子當老師，兩位女兒在醫院當護理師，家庭和樂令人稱羨。沒想到前年太太得了癌症，轉移到腦部，不時癲癇發作，為了照顧，他家庭、醫院兩頭跑，身心俱疲，上個月病情惡化，送進加護病房，為此他憂心惶惶，食不下嚥，徵詢我意見。

以醫師的立場，我提醒：「樹仔兄，你一定要先跟主治醫師講清楚，萬一呼吸停止時，不要插管；心跳停頓時，不要電擊，要不然那是醫院的標準流程。癌症轉移的病人已非常痛苦，以人為方式搶救回來的生命沒有任何尊嚴，金錢的花費還在其次，周遭親朋好友的煎熬，長期下來常見照顧者因而先亡的悲劇。嫂子康健時，相夫教子，鄰里皆知，病痛時，你照顧無微不至，甚至發願吃素，只盼她奇蹟似好轉，好友如我，看在眼裡，非常敬佩。如今面臨死亡，雖然不捨，更應該放下，讓她有個圓滿的落幕。我有位朋友，十幾年前因沒先知會醫師，當他趕到醫院時，其父鼻裡放胃管、喉部有氣切，手腕吊點滴、尿道置導尿管，他形容其父被五花大綁困在病床，不能說話也不得動彈，面容憔悴呆滯，淚不斷地從眼角淌下，看了極為心疼不捨，臨別時，朋友想輕撫父親的手告別，卻被他緊緊握住久久不放，表情極為憤怒，那一刻，是他此生永難忘懷的椎心之痛。」

兩天後的午夜，嫂子從醫院送回家中，安詳中往生。破曉時分，樹仔兄特地至公園告知，感謝即時的點醒。

泰戈爾曾言：「生應如夏花之絢爛，死該像秋葉之靜美。」也有人說：「凝視死亡，才能面對人生。」「往生」真的需要用心學習。

疫情見溫情

好友廖先生提及其任職的竹科輝達積體電路設計公司，母公司在美國全球有兩萬多位員工，執行長黃先生（小時在台灣求學，之後到美國拿到碩士）在新冠病毒肆虐期間，眼見美國確診、死亡與失業率節節高升，人心惶惶之際，在公司內代表董事會發了一封公開信，大意是說：「不少員工最近頻頻問我——會減薪嗎？會裁員嗎？會被解僱嗎？放心！我的答案是大大的『NO』字，反而董事會正積極研商適當時機大幅加薪，因為我深切了解，很多員工的家庭成員因不能外出工作而收入減少，導致生計陷入困頓。公司也積極利用我們積體電路設計的強項，參與研發冠狀病毒疫苗，希望儘早結束這場世紀災難。我也很高興知悉公司裡一些員工自動自發籌集善款，捐贈抗疫第一線的醫護與警消人員，為此，我決定你們捐多少，公司也捐同樣數目的配合款，鼓勵那些無名英雄的努力與犧牲。到現在為止，本公司有三名員工不幸確診新冠病毒，還好都已康復，僅有一位員工的配偶因疫情而去世，在此，我獻上無限哀思。」最後他寫了一句話：「If you need us, we are here!」作為結尾，簡潔有力，讓員工在驚慌之際，吃了顆定心丸。

另外是對六十幾歲的夫婦，就這麼巧，兩人同時因視力模糊而來院診治，經確診為白內障後，隨即安排開刀。現今白內障手術日新月異，顯微晶體乳化術傷口僅如針般大小，順利的話過程只要十來分鐘，費用健保全額給付，差別只在於人工水晶體，健保給付的是陽春型，自費的則有抗藍光、抗紫外線、抗眩光等優點，但需花費三萬元左右。我習慣問患者經濟狀況如何？兩人若有所思，不發一語，看他倆樸實的穿著，黝黑且滿布皺紋的面容，我推測他們以農為生。「沒關係，不用勉強，健保的人工水晶體也很好用，只是手術後必須常戴抗紫外線的太陽眼鏡，以免黃斑部遭破壞……」不待我講完，先生隨即昂首：「我的用健保，太太的用自費。」堅定的語氣著實讓我動容。「新冠疫情讓我收入驟減，前幾年心肌梗塞發作，裝了支架，住院花了不少錢，每天又要吃藥控制，無常隨時將至，兒女還需太太照顧，所以……」「不行！我大腸癌開過刀，身心俱疲，自費人工水晶體應讓給較健壯的先生才對。」此話一出，讓冰冷的診間瞬間如初升朝陽般溫暖。疫情或許使人與人的距離愈加遙遠，但卻讓這對夫妻的心更為凝聚。

疫情期間人人保持社交距離，氣氛冷漠，但願這兩則故事能溫暖人心。

小天使出嫁了

有位天真無邪的小天使，據她自己描述：「有天在天堂歡欣散步，因工程修路，不小心從洞中墜落，掉進紅塵世界，從此成了俗世間的女兒。」父母待她如掌上明珠，百般呵護，從小讓她學鋼琴、長笛，送她進最好的小學，找最嚴格的老師教導。無奈成績平凡無奇，不曾名列前茅，永遠都是所謂的「進步獎」，問其原因，只得到簡明答案：「童年就是要快樂，何必把自己逼太緊。」

為了讓她有個自由的學習環境，雙親毅然移居紐西蘭，一個崇尚環保、綠意盎然的國度。入學前，還特地跟導師溝通，希望多多督促照顧，所得回答卻是：「紐國教育理念和台灣不盡相同，我可能沒辦法教出你期望的醫師或律師，但有信心教出一個快樂的清道夫。」於是，她在無拘無束的氛圍下展翅飛翔，拿到了特殊教育與職能治療雙碩士。

初、高中時期，母親還在身旁照料，上了大學後，她跟母親提議：「回去陪爸爸吧！妹妹由我來照顧。」學成之後，她大可在異國找工作、交男友，但雙親一句：「爸媽日益年邁力衰，企盼你的陪伴。」二話不說，她隨即飛回台灣，陪侍在旁。

返台後到醫院工作，發現很多長者因家中設計不良而跌倒，導致骨折、腦出血，最終癱瘓終日臥床，決定將老家改造成樂齡友善空間：大門造一緩坡道，讓輪椅能輕鬆推入；每一扇門都沒檻；浴室乾濕分離又防滑；門鎖換成數位，以免忘了帶鑰匙不得其門而入；廁所也裝了緊急鈴，萬一有問題可即時呼救。同時全程監工，並和設計師充分溝通，就是為了讓雙親日後能在家安度晚年。

她關懷爸媽無微不至，父親出門前必定一再叮嚀：「過馬路要小心，騎鐵馬應慢行，血壓藥不要忘……」外婆晚年因病困坐輪椅，她有空即開車陪她一起嘗美食、喝咖啡，甚至不嫌麻煩地帶老人家出國旅遊；末期，獨自在病房照顧外婆多日，直至往生，無怨無悔。訂婚時，還把幼時與外婆、外公、祖父、祖母的合照擺在典禮會場，一旁寫著：「天堂之路雖然遙遠，但此時此刻，我確信您們必在我身邊為我祝福。」

這位天使不是別人，正是我的女兒。一個月後，就將披上白紗遠嫁他方，內心深處充滿不捨，臨別之際，祝她能組個溫馨和樂的家庭，再孕育出漂亮、貼心的小天使們。

後記：

年輕時讀過一篇文章，作者是位旅法留學生，有天受邀參加喜宴，主人是位著名釀酒師。

典禮進行一半時，主人拿出一箱紅酒，歡喜又語帶哽咽地說：「這些酒，是我最心愛的女兒，也是今天最美麗的新娘誕生那天，特地精心釀造的，我稱之為『女兒紅』。等了二十五年，經過漫長時光的發酵催化，終於盼到大喜之日。來！讓我們舉杯祝新郎與新娘永浴愛河，感情如這酒般愈久愈香醇。」主人一飲而盡，全場歡聲雷動。作者說，那是他一生喝過最難忘的酒。

回想起來，女兒有如一盆玫瑰，從小我用心栽培、澆水、施肥、剪枝，如今在極美之際，卻見新郎將整株抱走，心中自是五味雜陳，雖然不捨，但也為她找到如意郎君而高興。可惜我不會釀酒，只能用禿筆寫下前世情人烙印在我腦海裡的美好回憶，企盼讀者一同給予祝福。

最後一場彌撒

二個多月前，約了蔡醫師、范醫師及伍教授到單樞機的住所請益聊天，沒想到前一晚突然接到單樞機的電話，語氣略帶沉重：「莊醫師，很抱歉，明天的聚會要取消了。台北的醫師臨時要我明晨北上電療，因為癌細胞已擴散至大腦及骨骼，這可能是我這一生頭一次爽約。」「單樞機，請多保重。」放下電話，我暗自流淚，真的很不捨。

隔了兩個禮拜，從報上得知單樞機電療順利，回高雄休養。沒想到他親自來電：「莊醫師，我仍念念不忘跟你及朋友的約定，麻煩你通知他們這個禮拜天到真福山，我已安排最後一場彌撒之後聚餐。我將親自簽名於新書，分送給他們。」

「單樞機，不用那麼趕，等您身體調養更好……」「唉！我知道自己的身體狀況，這次可能是我最後一次請朋友吃飯。九十歲的『老廢物』，又有腦及骨骼的轉移，除非奇蹟出現，否則……」不過，因為化療加上電療後，腦神經受損並水腫的關係，手腳變得不聽使喚，有時寫個字得折磨十來分鐘，因此他要事先準備好簽書。事後單樞機告訴我，他花了整個下午才將五本書簽完名，還謙稱字跡有些潦草，尚請包涵。這種信用與誠意實在讓晚輩的我感佩。

單樞機手腳變得不太靈活，要是一般人一定沮喪不已，他反而豁達地說：「這可不是件壞事，以前我性子急，很多事情欲速則不達。現在的我動作卻變得『優雅』許多，本來五分鐘可做完的事，如今卻要用三倍的時間，看來我得乖乖學習並習慣『老年人』的生活與步調。」九十歲才開始「服老」，可真令人敬佩！

最後一次拜訪單樞機，他身體極度衰弱，但他的臉上不時掛著微笑，試圖撫平訪客的不安。席間還苦口婆心點出我的缺失：「莊醫師，你都自稱厚臉皮，對的事情，想做就積極去做，這種個性其實不錯，有領頭羊的架式。但做事講求團隊，行事必須圓融，不要衝得過火，要考慮妻子與周遭朋友的立場，家庭這個『內政』先安頓好，再拚『外交』。古人所謂：修身、齊家、治國、平天下，一步一步來，切記！」

單樞機懂八種語言，唯獨台語不太靈光。記得有次他開玩笑問我：「莊醫師，我用八種外語換你台語一種，好嗎？」

「為什麼？」

「唉，年少時，我學什麼，像什麼。讀神學院時，各國學生都有，我常跟他們約定，餐後散步時，下坡時段講中文，上坡時段改講我想學的語文，久而久之，八種語言就輕鬆入袋。回台服務時，年事已長，事務又繁忙，想學台語卻事倍功半。最近告別之旅演講，我很想用台語宣揚天主之愛，卻需要翻譯，不能直接溝通，甚至還因此被台下聽眾嗆：『不講台語就是不愛台灣。』其實我內心深處最愛的就是台灣這塊土地！」

平常我學單樞機樂於幫助弱勢族群，有天我驕傲地跟他說：「我走了之後，一定要讓周遭的親朋好友懷念！」「很好，但我不一樣。我走了之後，我想退居天主之後，該讓人懷念的是天主，而不是我。」他謙遜地回應。

李家同教授曾稱讚單樞機是「好人」。楊秋興前縣長也私下形容他是台灣的一塊「寶」。上面只是我以非天主教徒身分，看到單樞機鮮為人知的一面，卻更見其真。失去了這塊寶，真令人不捨啊！

死亡教我的事

多年前移民紐西蘭，在那遙遠國度，老天讓我遇見兩位朋友，親眼經歷他們罹癌後的正向態度——無懼、自在與從容。在此，我樂於分享他倆的生命故事。

首先是位徐教授。

他早年因主張台獨而流亡日本，拿到博士後和妻移居紐西蘭，他家位於青青河畔之上，可眺望整片出海口。

我喜歡拜訪他，除了可由落地窗欣賞絕妙的美景外，還可邊品嘗他親調溫熱直入人心的咖啡，邊和他暢談各自的精采人生。

一個晴朗的清晨，他指著退潮後顯露出的潔白沙丘，問我可曾去過？

我搖頭，他即略帶惋惜的口吻說：「我常利用日落前寧靜時分，輕挽妻的手，緩緩漫步沙洲之上，四周微風徐來，青山綠水美景環繞，那幸福滋味筆墨難以形容，有空我一定帶你去走一趟。」

無奈天不從人願，過了不久，他因開過刀感染C型肝炎，進而惡化為肝癌，而我因事飛回台灣，不能在旁陪伴照料，心中倍感歉疚。

後來得知，他曾當面詢問主治醫師，了解從確診肝癌到死亡，平均可存活六個月的殘酷事實後，即充分利用生命最後時光。

隨身攜帶醫療用緩解疼痛的嗎啡，開車陪伴其妻遊遍紐西蘭各地好山好水，而不願將自己禁錮在蒼涼落寞的病房。

當我再次返回紐國，一進家門，就這麼湊巧接到其妻來電：「莊醫師，徐教授今午出殯，你要不要送他最後一程？」

匆忙換裝後，我急駛赴約，只見一群親朋好友安靜尾隨捧著骨灰甕的徐太太，一路走向生前許教授允諾帶我去的沙洲，然後遵照遺願，面對夕陽西沉之際，將骨灰輕灑向寬闊深藍的大海。

那時的我，淚已滿面，心中吶喊：「徐教授，您真是守信用的好友，天國再見，一路好走！」

另一位則是黃船長，年輕時嚮往海上生活，從基層幹起，奮鬥多年，終於升為船長，五大洲各大港口皆有他的足跡。

退休後，選擇人間最後一塊樂土——紐西蘭安享餘年，有錢有閒，過著神仙般的日子。

沒想到一場車禍意外，改變他的一生，急診照X光，懷疑他為末期肺癌轉移大腦，導致開車時精神恍惚撞上電線桿。

為了確定診斷，也為了落葉歸根，他偕妻回台就診，當醫師請他出去，並吩咐其妻進診間時，他不想迴避，央求和他的妻子共同討論病情，充分了解後，他向院方請假，返家誠實面對一對兒女。

全家難得聚在一起，開了個家庭會議，他先對於跑船生涯疏於顧家，未盡父親職責致上誠摯歉意。

席間並點出兒女個性上的缺失，希望他們注意改進，然後用毛筆在訃文上一字一句工整寫下告別式想邀約親朋好友的名字，最後從容不迫住進安寧病房。

據其妻事後描述，黃船長不曾呻吟自己痛楚，反而時時提醒她幫忙照顧隔壁床哀嚎的孤獨老人，臨死不忘助人，令人感佩。

我何其有幸成為一位醫師，能看盡醫院每日上演生老病死的劇碼。「人生上台容易下台難」，希望每個人都能抽空去急診室走一回，在短時間內就能體驗人世間的滄桑與無常。

有人說：「每個人的墓誌銘都是個〇字。」它依生前所作所為可解釋成「無」、「虛空」、「圓滿」或「句點」。

因為好友的往生，對我而言，是個難得的生命教育，除了懷念，更讓我深深體悟當下活著的可貴，死亡只是帶走身體，並沒帶走生命。

我很贊同影后柯淑勤所言：「當那天來臨，請好好的跟我說再見。你們可以含淚，但請微笑。含淚，是我活著帶給你們感動。微笑，是祝福我到另一個未知。」

祈盼老天在我走之前，給我些時間學徐教授，答應人家的事儘早完成；學黃船長，和家人促膝懇談，跟因誤解而疏離的好朋友道歉；跟幫助過我的貴人道謝，跟摯愛的妻子與女兒道愛；最後和他們一一珍重道別。

我願逝如秋葉之靜美，所以準備好兩首喜歡的歌——「bridge over troubled water」和「瀟灑走一回」，在喪禮中播放。其優美旋律與感人歌詞將陪我走向陰暗後的光明，因為恩師前樞機主教單國璽曾跟我說：「死亡猶如通過一條曲折隧道，只要生前心存善念，多做好事，隧道的盡頭就是光明。」

開業三十年回顧

屈指算來，我來屏東小鎮開業已逾三十年，從當時的自費、勞保、公保到現在的全民健保，從而立至耳順之年，一路走來，感觸良多，其間醫病關係，自認還算不錯，三不五時，患者會送些自種蔬果，讓我倍感溫馨，記憶中有幾位病人至今仍深印腦海，久久不能忘懷。

開業初期，繁忙的門診中，護士走進診間：「醫師，有位先生要找你。」「請他直接進來。」過了幾分鐘，護士又無奈地回：「他不便進來，堅持要你出去。」一聽完，莫名的恐懼油然升起，那時治安敗壞，恐嚇勒索醫師案件時有所聞，放下看診中的病人，我小心翼翼走出診間，東張西望，只見電線桿後一個人影衝向我，說時遲，那時快，他緊握我的手，直說：「多謝，感恩！」

我還來不及反應，他馬上接續：「您不認識我，我永遠記得您，上個月，我太太帶女兒來看診，看到一半，突然癲癇發作，整個人抽搐，昏倒在地，幸好您當下緊急處理，並急叫救護車，放下身邊病人，陪內人與小女一路直奔大醫院，交待急診醫師後，始返診所，如今小女已完全康復。」

「不必客氣，這是醫師的職責。」我鬆了口氣，「我跑遠洋漁船，今早才有機會靠港，這條魚請您笑納，我工作服髒又邋遢，魚腥味很重，所以剛才不敢進診所，非常失禮。」從他鞠躬又誠懇的眼神，我接下那少說也有三十斤的鮪魚。

另一位是個七十餘歲的老病號，罹患糖尿病二十多年，血糖控制不佳，導致增殖性視網膜病變，經過一連串雷射，白內障與視網膜剝離手術，最後還是枉然，兩眼視力僅存些微光感，「老伯，我老實告訴您，現代醫學能做的，我都做了，應該轉到教學醫院的，我也轉了，如今您視力好轉的機會非常渺茫，不需要再浪費金錢與時間來看診了。」

有天，我以沉重的語氣跟他解釋，沒想到他的回答竟是：「醫師，你所講的，我早就知道，也了解你已盡了力，我已認命，之所以來，只想聽你緩和的聲音與真誠的語調，另外，我的訴苦與埋怨，無論是病情或家務事，你都耐心傾聽，然後適時安慰與鼓勵，讓我有活下去的勇氣，這是我來的主要目的，請容許我再來看診好嗎？」之後，我都央求他利用下班前來診所，孝順的兒子與孫子都會依約推著輪椅陪他來，其實「聞道有先後，術業有專攻」，他人生的故事多采多姿，事業從山巔落到谷底，視力從彩色降到黑白，都值得後輩的我警惕與學習。

有回到餐廳吃飯，付帳時，一位女士搶著買單，我以為她看錯人，她看我一臉疑惑，笑著說：「莊醫師，你貴人多忘事，好幾年前，小兒子玩鞭炮傷及雙眼，滿臉是血，我緊張抱著他就往貴診所衝，掛號時，才知忘了帶錢，你不但不介意，還幫我兒子急診處理，安慰我不用過於擔心，只是角膜灼傷與水腫，若控制得當，沒進一步發炎，通常一星期左右就會好轉，應不致於影響視力，只是日後可能產生外傷性白內障或青光眼，要持續追蹤，讓我憂煩的心頓時安了下來，兒子現已上了大學，兩眼炯炯有神，一切正常，所以這頓飯一定得讓我請。」

當然，事事不可能皆順遂，也會碰到醫病關係緊張的局面。有天，一位年輕小夥子衝進診間，大聲咆哮：「醫師，你到底開了什麼藥？害我母親吃完整個身體起紅疹，呼吸又困難，昨晚掛急診，醫師說可能是藥物引起的過敏反應。」「不好意思，我查查看。」我彎腰致歉，並找出病歷：「有可能令堂對某種消炎止痛藥過敏，這是我的疏忽，沒事先詢問她的過敏史。」聽完我低身道歉，他火氣也消了一半，「我寫下可能過敏的藥物，萬一她下次看病，務必記得提醒開藥的醫師要避免，令堂是我的老病人，久了也成老朋友，讓她受苦，我也難過，改天再親自登門謝罪，至於急診的花費，我全部負責。」「那怎麼好意思。」小夥子這才露出一絲笑容，握手道別。

醫病關係如何圓融是門學問，沒有一邊絕對錯或對，沒辦法選擇病人，我只能儘所能將自己醫師的角色扮演好，所以現今診所隨時準備愛心米，遇到福保患者，隨手送一包；我雖然專攻眼科，但看到病人手腳有外傷或燙傷時，我主動為其換藥；患者若戴眼鏡，我會吩咐護士為其洗淨；當病人提及水果蔬菜滯銷時，我會囑其置於診間義賣；當患者訴說病情時，我學會耐心傾聽，這些只是舉手之勞，但在病人眼中，會看見醫師的關懷與用心，當病人心情好轉時，免疫系統增強，有時病況自然不藥而癒。

醫師絕對不是神，沒辦法將所有的病治癒，但只要醫師在病人最需要時，放下身段，視病猶親，用心診治，主動關懷，在病人的心目中，醫師當下就是神。

回味無窮

當個開業醫，被局限舒適的診間，屈指算來已三十餘年，好想時光倒流，旅行回去小學那段自由的逃學歲月，為了避人耳目，必須先跑到人煙罕至的墓園，將學校制服換成便服，然後跳上公車，隨心所欲去我想要去的地方：

曾拉著大人衣角，假扮成兒子，混進戲院看無數霸王戲；見四處無人，脫掉上衣，僅存內褲，一股腦兒躍進清涼野溪，游泳、捉魚、摸蝦，兩岸叢生野薑花飄香，有如海角一樂園；更多時候，我會坐在紛擾市場的一角，靜靜觀察攤販大聲吆喝、家庭主婦討價還價、待宰家禽無奈恐慌、各色蔬果一應俱全，活像個小型人生劇場，總能讓我細細品味一個上午。

那時的我，如荒野中的瘦雁，自由自在；而現在的我，如囚籠中的肥鴨，無處可逃。孰優孰劣，我已分不清。

☆

童年時景氣不好，住在眷村的小孩沒有零用錢買零食，每天最期待的就是見到收破爛的老阿伯騎著腳踏車，載著麥芽糖，用竹製響器搖出「咧！咧！咧！」的聲音。為了吃到麥芽糖，我們積極尋找可回收的廢鐵罐、鋁圈或銅絲等值錢物品，和他交換。

死黨一群人雖然有十個，但拚命蒐集後，往往還是只能換來兩、三根麥芽糖。而且，換來的麥芽糖必須主動交給個頭最高的孩子王，由他負責發號施令，講解品嘗規則：「不論年紀大小，每個人只能輪流張口含麥芽糖五秒，絕對不准吸或咬，若不遵守，嚴刑侍候！」

小鬼們在大樹下乖乖圍成一圈，享受剎那間的甜蜜，也欣賞其他人流口水的羨慕表情。即使一次只有五秒鐘，還得大家輪著吃，但分享的麥芽糖滋味卻足以讓我樂上一兩個小時。

如今，我已逾耳順之年，那簡單的滿足感仍讓我回味無窮、念念不忘。

☆

最近媒體大幅報導塑化劑充斥各類飲料食品，民眾恐慌望之卻步。這使我想起童年時候喝過一種飲料，兩相比較，感慨萬千。

四、五十年前，在鄉間，每走幾步路，就可看到樹下有一只大茶壺，壺面寫著斗大「奉茶」兩字，旁邊還放著幾組玻璃杯，讓走累的旅人能自在地在樹蔭下休息並解渴。善心的主人是誰？沒人知道。

我曾嘗過，色澤微黃，不甜不苦但卻清涼回甘止渴。問了父母，才知道這種茶是田野常見植物的種子（決明子，俗稱臭菁仔），晒乾後，沖上開水，即可飲用，便宜又簡單。那時的農村鮮少用除草劑，所以決明子隨手可得，水也無汙染，所以泡出來的「奉茶」特別好喝。

奉茶的主人付出愛心，飲用的旅人感恩在心。那時沒有千面人，沒有塑化劑，有的只是濃得化不開的人情味。我曾試著學習阿公、阿嬤那時代的人們，在門診門口二十四小時奉茶。但周遭親朋好友都勸我不要做這種吃力不討好的傻事，因為一旦有人喝後出現任何異狀，他一定找上你要求賠償，甚至鬧上法院，想來也對，這時代真的變了。

☆

小時候常聽到：「失戀愛呷香蕉皮。」我當成笑談。沒想到移民紐西蘭時，巧遇一位好友，他每天不只吃香蕉皮，所有水果皮與種子，他都一併和果肉打成汁，清晨空腹時，一股腦兒吞下肚，行之有年。

這位好友年逾七十，但外表看來容光煥發，有如青壯年。跟他閒聊，始知他從小生長在貧困家庭，體弱多病。高中考上建中，一人在外，為了省錢，食物精簡，就連水果也是連皮帶籽食用，沒想到身體愈來愈壯。

學科學的他分析，連皮帶籽吃水果，可防癌、增加免疫力，而且省時方便。

最近大腸癌發生率增加，專家認為與現代人吃了過多加工精緻食品有關。水果連皮帶籽，可適時補充人體所需纖維質，促進腸胃蠕動，防止便祕。再來果皮營養豐富，各類種子也富含維生素E，有益身體。不用削皮，將果皮清洗乾淨，打成果汁，立可飲用，省時方便。

為了環保，減少碳排放量，建議選用當地、當季水果，一來便宜，二來新鮮。連皮帶籽吃水果，再加上規律運動，保證身心健康，活得精采。

回味無窮——

角落微光

人間有情

颱風襲台，接二連三，重創南台灣，我所住的屏東亦屬重災區。昨天下午門診，見一婦人愁容滿面，追問之下，始知她種兩分地的苦瓜，一夕之間，全部落果，四、五個月的心血付諸流水。清晨她和先生忙著採收可食用，外表看起來個頭較小的苦瓜，趕往市場變賣，沒想到因風吹雨打，賣相不佳，賣得不是很好，看她淚水在眼眶打轉，當下我買下車上所剩的兩箱苦瓜，放在診間，分送護士，每位病人皆送兩條，大家皆大歡喜。

但願大家能學觀世音菩薩的慈悲心，隨時伸出雙手，幫助周邊需要幫助的人，讓社會階級之分更淡化，人與人之間更和諧。

以前的我好高騖遠，時常想參與偏鄉或國外義診，但算來一年沒幾次機會。如今我發現與其捨近求遠，不如專注於眼前的診間，小小天地也能做很多事。

☆

在小鎮開業與都市最大的不同，就是人情味濃厚、醫病關係相對和諧，只要真心相待，他們往往不吝回報自家種的蔬果。以前我會直接拿回家，但東西多到吃不完，最後爛掉、壞掉的不計其數，暴殄天物相當可惜。新的一年，「十方來，十方去」的念頭興起，我的診間成了最好的愛心食物交換平台。遇到「福保」病人，順手送他一包白米與蔬菜；推著輪椅，照顧阿公、阿婆的看護，分享一些甜點與水果；驚恐愛哭鬧的小孩，則贈以糖果與貼紙。如此一來，本來白色冷清又單調的診間，頓時變得熱鬧，氣氛溫馨又歡愉。

有人說，年過四十，以減法過人生，但願物欲的漸減能換得心靈日益平靜與充實。

☆

昨天「公路正義」願景工程系列，報導「運將變溫柔，機車還是叭叭叭」，提及老外觀察台灣駕駛喜歡按喇叭，我聯想國外發生的按喇叭事件。

首先是好友年前旅遊日本，晚上和其友人到居酒屋小酌至深夜，醉茫茫地沿小巷走回飯店。兩人勾肩搭背，有說有笑不自覺走到路中央，幾分鐘後，才警覺小巷燈光怎麼那麼亮？抬頭看，沒路燈；往後看，始知一位日本駕駛靜悄悄地跟在後面，開近燈似牛步般耐心行駛，待他倆知錯走回路邊後，駕駛才慢慢加速，經過時還開窗微笑向他們致意。

其次是我十年前旅居紐西蘭期間，考過駕照頭一遭上路，見前車龜速，為趕時間，我沒打方向燈快速從外側車道超車，自以為得意之際，前後左右的車同時按喇叭示警，讓我羞愧無地自容。我觀察一段時間，每聽到喇叭聲，一定有人違規，人人樂於挺身當個吹哨者，這種管閒事維護公路正義精神，讓我難忘。

公路正義不能只靠政府與警察，駕駛心中都應有一把尺，該禮讓時，安靜無聲；該示警時，適時輕按喇叭，如此，公路正義自然得以伸張。

☆

繁忙的門診中，突然有位看來像新住民的中年婦女，敲了門，不待護士叫號，直接闖了進來，我心裏暗自嘀咕：「又是一位奧客病人，這麼沒有禮貌！」她用生硬的國語問：「不好意思，我看到診間門旁放著好幾包米，上面寫了幾個字，我不懂中文，麻煩您解釋一下。」「那是愛心米啦，要送給需要的弱勢。」「那我可不可以……」不待她說完，我已料到其意圖：「妳不是低收入戶，不夠資格。」我急促回應，不想讓待診的患者等太久。

「醫師，您誤會了，我在印尼時，書讀得不多，生活很困苦，嫁來台灣後，受過很多人幫忙，我每天清晨賣菜，先生做工賺錢，兩個小孩很乖又懂事，全家生活安定，覺得很幸福，很感謝台灣這塊包容的土地與熱情的人民，我可不可以捐些錢，麻煩您買米送人？」然後她從口袋掏出所有縐巴巴又沾點汙漬的百元鈔票，總共十張，顯然是她辛苦所得，誠心雙手奉上。

接下的當下，粗糙又生繭的掌心印入眼簾，讓我羞愧又感動。錢表面雖老舊又髒，但其心卻皎潔如明月，之後的每月初，她都持續歡喜捐出當日所得，令人敬佩。

國家圖書館出版品預行編目(CIP)資料

角落微光：小鎮醫師的故事/莊聰吉作. --
初版. -- 高雄市：佛光文化事業有限公司,
2022.08
面； 公分. --(藝文叢書)
ISBN 978-957-457-638-8(平裝)

863.55 111011598

角落微光——小鎮醫師的故事

作　　者｜莊聰吉

總 編 輯｜滿觀法師
責任編輯｜王美智
美術設計｜謝耀輝

出 版 者｜佛光文化事業有限公司
出版日期｜2022年8月初版一刷
印　　刷｜中茂分色製版印刷事業股份有限公司
經　　銷｜紅螞蟻圖書有限公司
(02)27953656

流 通 處｜
佛光山文化發行部
高雄市大樹區興田路153號
(07)656-1921#6665~6667
佛光山文教廣場
(07)656-1921#6102
佛光山香花迎
(07)656-1921#6690
佛陀紀念館四給塔
高雄市大樹區統嶺路1號
(07)656-1921#4140~4141
佛光山海內外別分院

創 辦 人｜星雲大師
發 行 人｜心培和尚
社　　長｜滿觀法師

法律顧問｜毛英富律師、舒建中律師
登 記 證｜行政院新聞局版台省業字第862號

定價｜360元
ISBN｜978-957-457-638-8（平裝）
書系｜藝文叢書
書號｜8063

劃撥帳號｜18889448
戶　　名｜佛光文化事業有限公司
服務專線｜
編輯部 (07)6561921#1163~1168
發行部 (07)6561921#6664~6666

佛光文化悅讀網｜
http://www.fgs.com.tw
佛光文化Facebook｜
http://www.facebook.com/fgsfgce